柔软的距离

邓安庆 著

人民文学出版社

图书在版编目(CIP)数据

柔软的距离/邓安庆著.—北京:人民文学出版社,2021
ISBN 978-7-02-016233-8

Ⅰ.①柔…　Ⅱ.①邓…　Ⅲ.①散文集-中国-当代
Ⅳ.①I267

中国版本图书馆 CIP 数据核字(2020)第 069650 号

责任编辑　甘　慧　李　翔
封面设计　钱　珺

出版发行　人民文学出版社
社　　址　北京市朝内大街 166 号
邮政编码　100705
网　　址　http://www.rw-cn.com

印　　刷　上海盛通时代印刷有限公司
经　　销　全国新华书店等

开　　本　890 毫米×1240 毫米　1/32
印　　张　7.875
字　　数　140 千字
版　　次　2021 年 4 月北京第 1 版
印　　次　2021 年 4 月第 1 次印刷

书　　号　978-7-02-016233-8
定　　价　65.00 元

如有印装质量问题,请与本社图书销售中心调换。电话:010-65233595

目录

序

高军 / 邓安庆印象　　　　　　　　　1
维舟 / 无家可归是一种日常状态　　　1

人间

马路上的父亲　　　　　　　　　3
丝瓜蛋汤　　　　　　　　　　　11
外面下着雨　　　　　　　　　　16
跟踪　　　　　　　　　　　　　23
换台　　　　　　　　　　　　　29
你才是流氓　　　　　　　　　　33
纸脸　　　　　　　　　　　　　37
口福　　　　　　　　　　　　　45

工业城

菜铺	55
奔跑	62
清洁	68
马路	76
散步	81
烟	91
锄头	97
天光	107

那些人,那些事

追赶	133
馒头	138
明天没有鸡蛋吃	142
狗是土狗	146
我承认对你不够温柔	150
母亲过年时	154
如厕记	158
有车一族	162
再买一瓶去	165

小刺	169
不听话你就打	173
独此一声	177
柔软的距离	181
夏逝	184
与兄同车	190

关于城市的乡愁

北京的细节	197
出走	200
关于城市的乡愁	204
房东与狗	207
看不见的小孩	211
健身记	215
南游记	220
冒牌福尔摩斯在旁观	227
后记	231

邓安庆印象

高军

今天看到邓安庆的一个同事写他,这让我想起第一次见到邓安庆时的情景。我跟邓安庆第一次见面是在合肥火车站。现在记不得他是发豆邮还是打电话给我的,他说:"风老师,我要来看你!"我说你来吧!车站门口有很多人,又在修地铁,一地的垃圾。西瓜皮上几只绿头蝇子飞来飞去,一边搓着自己的前胸后腿。人像走失了的羊一样来来去去,其实都有目标。有地走的,有打车的,有等公交的,有坐三轮的,还有坐摩的的。我倚在电动车上抽烟,一边隔着马路的护栏向对面看。这时看到一个很白的人从广场上走过来,走路也不好好走,别人冲过来的时候他就向后退几步,看到地上坐着一堆人他就绕圈子,很无辜和茫然的样子,过个马路等了好几个红灯。我想这大约就是邓安庆了。我就朝着他大喊一声:"邓安庆!"他就像梅花鹿一般四蹄翻飞跑起来,后面背着一只大包,在半空中拍打着他宽厚的屁股。整个姿态有点像飞行中的汤婆婆。

他问:"你是风老师吗?"我说:"我是呀!"纸上君就问:"你的大宝马呢?玛莎拉蒂呢?"哦,忘记说了,安庆曾有个笔名叫"纸上王国"。我说都让人给借走了,别看了,就电动车吧。本来人家还想借电动车的,我没让。我说今天要接一个中央来的朋友,死活就没给,不然我们今天就要地走了。我说:"上来吧!"安庆往车上一坐,车就矮下去一截。我带着他穿大街走小巷,烤羊肉串的刚刚出摊,拿一个纸箱板做的扇子在起炉子,青烟直冒。煎鸡蛋饼的把打开的鸡蛋甩在面饼上,一边仔细不让它流到旁边去,油泛出珍珠般的气泡,在锅里欢快地叫着:邓安庆快来吃我吧!我问他:"安庆你吃了吗?没吃我们在小摊上吃点儿。"他在后座上左右看,使得车很不好开。因为是初次见面,我也不好说他。他感叹道:"合肥县真繁华呀!"我纠正他:"合肥市!火车站这边算是荒凉的了,闹市区你还没看过呢。英伦风!"这孩子这么胡说八道,怎么还能活到现在?我心里闪过一点疑问。"哎哎,风老师。你们这边的电话亭子真的跟英国一个样哎!红色的。"我说:"你见过英国的电话亭?"他说:"见过,在画报上见过。"

回到家里,我吩咐丫鬟泡上茶。我让他去洗个脸再来说话。他一边呼噜呼噜地洗脸,一边说话。我问他在北京是租房子住吗,他说是的,说最近一个同学也来投奔他了。我说你穷成这样,还有人来投奔你。他说,这个人比他还穷,反正他那个房间还能放一张床。我问他有多大一间房，他看了看我家卫生间说："比这个大不了一点。"洗完脸他就要跟我谈文学，坐在我家唯一的木头沙发上，说今年又看了什么什么好书。迷文学现在跟做贼似的，不是什么光彩的事情，比黄赌毒还害人。尤其到了我这种年龄还跟一个小年轻谈这个，脸上相当挂不住。大部分时间是他说我听。

安庆是湖北武穴人。武穴在长江边上。江对面是江西，这边是湖北。两边老百姓经常打仗，还造土炮往对面轰。我问他好好的，怎么忽然弄起这个败家的文学来了。他说小的时候挺孤独的，父母在江西种地，他是留守儿童，爷爷脾气又古怪得很，不好相处。后来就是他一个人在家过日子，这在他的新书《柔软的距离》中都有描写。印象比较深刻的是下雨天打雷，吓得钻在被子里瑟瑟发抖。最好的娱乐就是坐在那里做白日梦，默默地笑和悲伤。别人以为他脑子好像有点什么问题。

那天中午具体是在家吃还是外面吃我忘记了。晚上我问他能吃辣椒吗，他说自己很行。我说那就吃烤鱼吧。鱼果然很辣，身上撒的全是辣椒面子。我还没说一个"请"，安庆就把筷子在桌子上一顿开工了。我想他几岁就站在凳子上一个人烧饭，烧好便吃，哪里还要别人说一个"请"字。我看了一会儿，也默默地拿起筷子吃起来。因为再不吃，鱼就要翻面了。

晚上本来他还要跟我谈一会儿文学的，可我年纪老迈，乏得不行了。我说我书读得少，外国书更读得少，不信你去看看。他到书架上看了一会,大概没有他要看的书。有几本《金瓶梅》都被我翻得卷了边。他问我:"外国作家你喜欢谁?"好多年没有人这样考过我了。我抬起头想了一会儿,海明威、契诃夫、老陀读了几本。其他呢?没啦!然后他就给我推荐赫拉巴尔的《河畔小城》《我曾侍候过英国国王》,又给我推荐帕慕克的小说。都是我没有听过的,我心里知道这孩子是魔怔了。看这么多书,脑子怎么受得了?后来我就请他到阁楼上睡觉,门对面住着一只去了势的雄猫。这只猫晚上就拼了命地挠邓安庆的门,但他睡得很死,什么也不知道。后来我总结了一下,安庆睁着眼睛的时候就这样两件事:吃饭,谈文学。

后来我去过几次北京,安庆跟我出去"扛锅铲"(蹭饭吃),他都是一马当先抄起筷子就吃。安庆吃饭的礼数很奇特,他一阵风似的吃完了,我们还在喝酒,他把碗端起来,举碗齐眉道:"我吃好啦!"然后就趴在一边听我们胡吹画画写字什么的,也不问什么,就是在旁边看。老是让我觉得后背上有一双眼睛,所以不敢铆足劲吹,让北京人占了上风。有一次我喝多了,躺在一张懒凳上睡觉。有一个画家实在找不着人说话,就跟邓安庆吹牛。说自己如何了得,在全世界怎么怎么有名。然后到处找照片给他看,跟某某在一起照的,在某某地方照的。安庆表情配合到位地惊叹,不住赞叹说:"这太了不起了!"这个画家估计是想吓吓邓安庆,像一个大人吓小孩。比如那座山上老虎那么那么大,"呜"地一下蹿过来,"呜"地一下蹿过去。其实他狡黠得很，等我醒了，他笑吃吃地跟我说："这个画家挺能吹的！"我说："北京这个地方不吹会死！"

我是傍晚的火车，安庆在超市买了不少矿泉水和果子面包给我，结账的时候一路冲在前面给我把账结了。这弄得我很不好意思，我说："你还得付房租呢！"他摆摆手说："没事，都不是什么值钱的东西。"我看着他过马路，忧心忡忡地想这样一个人儿，在北京怎么活得下去呀！他过了马路，冲着我挥挥手，然后走到地铁口，像土行孙一样土遁了。我叹了一口气，背着小山一样的面包上天桥，朝火车站走去。

晚上我在火车上吃了一袋果子面包。火车过山过水，外面灯火箭打的一样射过来，然后又擦身而过。火车上的人都木僵着脸，如同老僧入定一样。后来我的肚子就剧烈疼痛起来，我把剩下的面包翻开来看，后面都长了绿霉。我捂着肚子向厕所走去，蹲在厕所里，我掏出手机给邓安庆发短信："北京的面包不能吃！"我想这时如果我死了，就算我的临终遗言吧。这足以证明京城是不好混的，处处是陷阱啊！愿主赐福所有混在北京的人，尤其是邓安庆。为了证明你没有毒死我，我一定会去买一本你的新书。

无家可归是一种日常状态

维舟

近三四十年来的中国,最重要的时代特征之一,就是伴随着眼花缭乱的人口流动而来的无根感。前往异地谋生的任何人,迟早都会发现自己已被连根拔起,在故乡(如果还有故乡的话)和他乡之间都格格不入。对任何敏感的心灵来说,这既是诅咒,也是礼物,迫使他们辗转思索,然而要如何表达出来,则又是另一回事,因为捕捉这种感受本身就需要天分、经历和劳作——现在,邓安庆把这种内在体验升华成了文学。可能他自己也没有意识到,他代许多人说出了自己未能表达的感受。

他所写的大抵都是平常不过的事,源于他毕业后在西安、苏州、北京的那些"看不到尽头"的生活;这些生活,实际上在中国大地上处处上演,所不同的是他将之内化成一种文学化的体验,再将这种体验文学化。在不同的篇什里,他反复咀嚼和描述自己的异化，一种与周围环境、他人甚至自我的疏离感："我感觉自己从自己的躯壳里成为另一个人，他站在我们之间，看着两个男人，一个是父亲，一个是儿子，都是陌生的存在。"（《马路上的父亲》）"我成为自己的一名演员。"（《明天没有鸡蛋吃》）"须得有两个我，一个我是在生活中挨踢生病受饿，一个我是脱离了肉身，在高处看着你以及和你一样的芸芸众生。这样在自己内心有了个缓冲带。我不只是我，我还是作为观察者的我。"（《出走》）他常常提到"两无着落"："这种两无着落的生活状态，是我孤独的背景。"（《出走》）、"家乡你已经回不去了，而城市你还融入不了。在这种两无着落的尴尬状态中，一方面人自然会有一种游离的漂泊感，一方面也拥有了一种超然出来的清醒——对于农村与城市都被迫有了一种距离。"（《柔软的距离》）

这种两无着落的距离感并不好受，也并不总是"柔软"的，在现实生活中相反常常极为坚硬——体会过的人应该不难理解这一点。它既带给你自由，又令人惶然，新的地方尚未融入，故土却又已回不去，以至于整个人都处于一种"悬浮"的状态。这会让人本能地感到不舒服，即便在家里都无法感到安心——对很多人来说，也许他们长久以来都没有找到"家"的感觉，在城市里落脚的地方只是个"住所"，还谈不上是"家"。

作为一个乡下人，我也体会过，这无疑并不好受，而邓安庆的生活甚至比我更颠沛流离，然而，也正是这一点成就了他，成就了这本书。他曾和我说过，每次想到老家，他就有写不完的灵感——固然，就像福克纳一生都在写那个"邮票大小的"约克纳帕塔法一样，很多作家都有激发自己灵感的源泉，但对他而言，写作本身可能就是一种自我疗愈的手段，他借以消化那些坚硬的现实。或许可以这么说：这种两无着落的格格不入，促使邓安庆成为一个内部的流亡者，而这部小说集的本质，是这个时代外省青年的流亡文学。

汉语中常把"流亡"视为一种跨国离散的状态，但英语中exile的本意仅指"跳到外面去"，而一个外省青年到陌生而无根的城市中去生活，只怕也并不比西班牙画家流亡到巴黎所体验到的疏离感更少，他们所面对的，是同样的格格不入感，而无家可归已成为一种日常生活状态。对生长于乡村而迁入城市的这一代年轻人来说，进城乃是一种流亡形式，用简·莫里斯的话说："离开某地就意味着流亡。"这是确凿无疑的。

从小说中不难发现，邓安庆是一个相当敏感的作者，似乎一件平凡的事发生之后，能以更加细致的方式，在他心中再重新发生不止一次。当然，或许这在一定程度上也是一种被迫的敏感，因为他被迫处于一个"两无着落"的位置，一种若即若离的困境和中间状态，这既给他痛苦，但也公平地给了他一种特权：可以隔开一段距离向两边观察。这就像杨惠美曾说的那样，流亡者能从一个边缘的位置获得一种新的理解，因为"地理距离产生主体的距离",长期的分离使"家乡文化在某种程度上变成'客体化'的东西",邓安庆正是把他所生活世界的万事万物都以文学的方式客体化、对象化了,在它们陌生化之后,才能进入他的小说。

这也使他的小说具有更多"私小说"的色彩(尽管他并不总是使用第一人称,但总让人觉得有他这人在),此前的许多中国小说家更多描绘的是"他人"的陌生感,而不是源于自身又朝向自身的。他笔下的很多细节,都源于切身的生活感受,如叙述工业城里流水线上的翻转动作,"一千次,一万次,一晚上,两晚上,没有尽头,没有变化,没有希望",简简单单几笔,写尽了一个敏感心灵所感受到的绝望与无力感。

与上一本小说集《纸上王国》相比,这本书里对故乡的距离感明显远了——如果说《纸上王国》中的故乡是在一个真切可感、仿佛触手可及的空间之中,那么《柔软的距离》中的故乡则被闭锁在时间之中。他的文笔更简练老辣了,但叙述故乡时用到的方言词汇也减少了。如他所言,他心里涌起的乡愁,常常已是指向那些自己曾生活过而再难回去的城市了。这些城市与故乡农村的主要共同点,就是你已回不去了。这可能就是被这个年代所定义的成长。

不仅如此,正如《怀旧的未来》一书所说的,对流亡者来说,"流亡是现在惟一可能的家园"。小说的书写之所以对作者如此重要,有时甚至"太认真"了,也是因为写作就是为了对抗和努力弥合那种距离吧，至少，使它不那么坚硬，而更"柔软"一点。事实上，将这样折磨人的距离称作"柔软的"，这本身就可见他的特殊态度：不是愤怒，不是挫败，而是用自己的内心去感受，紧张和焦虑在此化为一种带有温情的自制。

能看出来，邓安庆小心翼翼地不断将这个距离调整到一个"合适"的程度，因为通过那样的理解，他才能得以与生活共存并和解。而具体的和解方式，则是融入生活的细节之中，只是他现在能感受的细节，主要是异乡城市"那些鸡飞狗跳、鸡零狗碎的热腾腾生活"。阅读他的小说，很难不注意到，他对普通人的日常生活有着极大的兴趣，他就像是一个礼貌的"内部观察者"，想把他们的生活呈现出来，哪怕这些人自己都感觉不到"这样的日子有什么好写的"，但他将之刻画出来，这本身其实就是对普通人的尊重，因为这意味着，他相信即便一个人的生活再平淡，都值得被写下来。

要将之升华为文学，这并不易做到。数十年前，白薇在《〈悲剧生涯〉序》中就曾说："生活尽管是生活，把一个渺小的人的生活写成一本书，那是一种不感兴趣的苦工，越写越觉得无聊，简直写不下去"，只是"人愈渺小……甚至更能使他强烈地体验人生，要求光明和真实"。同样的，邓安庆在讲述这些生活时，也着眼于真实性，他既不添油加醋，更不追求戏剧化，他只是"描写现实如其所是"——但值得注意的是，这样的书写并不会更容易，仿佛只要"照着"写下来就行了，事实上恰恰相反，这意味着要去除多余的词藻、克制情绪、精确捕捉词语，好比"化妆的最高境界是看不出来化了妆"。

从后记中看，邓安庆也同样将写小说当作一份苦工，以至于"心里始终有事"成了一种日常状态。他还很年轻，尽管对生活隐忍而耐心，或许还未能举重若轻，但一切会好的——至少，他能通过写作获得安顿。有一种人，如果剥夺了他对自己生活的书写，他就会觉得仿佛自己没有真正生活过，他大概就是这种人。

人间

马路上的父亲 / 丝瓜蛋汤 / 外面下着雨 / 跟踪 / 换台 / 你才是流氓 / 纸脸 / 口福

马路上的父亲

　　特别糟糕的是,我们没有车子回家了。
　　父亲在马路上看有没有可以搭乘的车子,那空荡荡的路面没有一丝车胎碾压过的轰隆声。我蹲坐在花坛上,风咻咻地从公园的槐树林那边削过来,我又裹了裹上衣。父亲从马路牙边转身回来,冲我一笑。见我不搭理,自己从口袋里抽出一包烟,自己一根,递给我一根。我拿了,他点着自己的,又把火机给我,我也点了。我们就这样默默抽着烟,看着马路。我斜眼看了父亲一眼,他的脸埋在烟雾中,经昏暗的路灯灯光笼着,莫名让我想起黑色的铅球。这颗球沉甸甸地支在他瘦长的脖颈上,风吹不动,我也看不透。这样的一个人,是我的父亲。我感觉自己从自己的躯壳里脱壳成为另一个人,他站在我们之间,看着两个男人,一个是父亲,一个是儿子,都是陌生的存在。

我舔了一下自己的嘴唇，我感觉我的胃部翻起一阵甜滋滋的疼痛感。父亲的脚在划动着，从花坛边缘的第一个方格滑到第四个方格，他的草绿色军鞋鞋带松松地垂落在草间。我说："我们去找个旅馆睡。"父亲扭头看我一眼，我的身体一下子紧张起来，仿佛是那颗铅球要甩过来，然而他只是看着我说："是我不对。"我本该说没关系的，可我就是没说。我依旧抽我的那半截子烟，父亲的烟很糟糕，吸到喉咙里有火急火燎的毛刺感，我忍不住咳嗽起来。"是我不对。"他扭过头，半边脸在光线下暴露出皮肤的沟壑。我吸了最后一口，把烟头扔掉："先找个饭店吃饭吧。"

从公园穿过，隔了一条马路，我们找到了一家粥庄。父亲的头颅在粥庄雪亮的灯瀑下，恢复成人的形貌，他的眼睛从斩断黑暗进入的门口扫到只有我们两个顾客的大厅，最后回落到奶黄色桌布铺就的塑料桌上。抽纸盒。小盐罐。小醋罐。酱油罐。他用眼睛扫了一遍，又扫过一遍。他不抬头，他不与我的眼睛会合。粥庄的服务员拿着铝合金大方盒子，从二楼下来，刚洗过的盒子被他一抖动，水珠抛起，又被接住，发出轻软的铛铛声。腊八豆炒荷包蛋二十二元，生滚牛肉滑蛋粥十三元，酸萝卜老鸭汤二十八元，广式腊肠鲜贝粥十二元。"你要什么？"我把菜单伸向他，他接过去从第一个看起，我又收回："等不及了。"他也不抬头，眼睛盯着自己手上的茧子，那茧子像一枚蛋形的戒指反戴在他的手指内侧。香椿千层肉卷，糯米肉丁烧卖，两碗青菜粥。要快！

他打着呵欠，嘴巴张到最大，舌头打挺，挂满烟垢的尖牙、侧切牙、磨牙，裸露在空气中，足足撑了五秒钟后又合上，不洁的腌臜气味喷到我的鼻腔里去。我无处可回避。我摸了摸我的烟盒，揪出一支烟栽在嘴唇上。"先生！"从收银台传来声音，"我们这里是无烟区，谢谢！"我怏怏地取下烟，在手掌上敲打。"你怎么不吃？"他的嘴角流下了菜粥的汁液，我用烟头指了指，他直接用手抹了下来。"我嘴边那颗牙，去年松动了，拔了。"他咧开嘴巴，稀疏的牙齿缝隙里垂挂着菜粥里的青菜叶片。"行了。"我的手指敲打着桌面，闷闷地没有回音。"你妈不给我做吃的。"他又补了一句，"衣服也不给我洗。"我又一次把烟栽在嘴上，牙齿紧咬着烟头，"我妈该给你做的？"

我们又走在马路上，我走在前面，父亲落在后面四五步。穿过地下通道时，我站在通道的中央，看着入口处，父亲磨蹭着从夜色中一下子坠入光亮中，他黑色的皮夹克泛出微微的光，人却莫名觉得缩短了，他的影子拉长拉长直至我的脚下，然后爬上我的脚踝、大腿、胸口、脸颊，他靠近我了。他的身上有一股复杂的腐败气味，从他的衣服、头发、牙齿、手上扑过来，他自己或许是不知觉的。我忍耐着这股新鲜的父亲气息，从自己内衣口袋里摸出自己的烟，分给他一根，我自己也来一根。两人重新在烟雾中保持着适当的距离。"怎么样？找个地方睡觉。"

我们拽着各自的小束烟雾,行走在街道上,夜色渐重,行人道边的槐树枝丫上悬挂着一束红灯笼,围绕在主干上的彩灯闪着冰蓝色的粒状灯光。抬头看去,槐树的枝头开始发芽了,末端盘卷,斜斜飞向天空。父亲在后面一棵槐树下停住,拉开裤链,对着树根撒了一泡长长的尿液。我等在前面,抽我的烟,然而耳朵里装满了那尿液在树根处滋滋的声音。尿完后,他的裤链拉到一半时卡住了。卡住就卡住了。他把夹克的下衣摆抻长遮住裤裆。

我耳根子发烧,我的脸也滚烫了。我应该装着没事一样,继续在空无一人的街道上抽我的烟。他是我父亲。父亲。我好像第一次才发现他也是一个男人。老男人。在树边撒尿的男人。散发出一股腐臭气味的男人。而这个人,是我父亲。父亲。"你怎么不走了?"他问我。他晃了过来,立在我跟前。而我烟偏偏抽完了。他低头缩颈往前走,"或许前头有小旅馆。"他的肩头像是压着很重的担子,弓着,灯光从他脊梁的弯处倾泻下来。背面他像是直立行走的乌龟。东南风扫过他的秃顶,穿过他外八字形成的空当,撞到我的脸上。他轻盈地浮动着,没有脚步声。而我皮鞋的磕托磕托声溅起来,使得他飘得更远。他没有回头,他只知道往前走。他无所眷恋。他是个孩子。

这是一条荒芜的马路,没有一辆车子,只有从两排向着马路中央弯下来的路灯一路排到远方,人行其中,像是往恐龙的腔骨里穿。父亲的脚后跟以一种欢快的贪婪舔着灰黑色的路面。他突然闯到我这里来，宣告他的离婚。他决定不跟我的母亲过下去了。他要他的自由。没有任何束缚的自由，就在这马路上蹦跶。他跟离婚的我的母亲住在一个屋檐下，趁着离婚的我的母亲不在时偷吃她的饭菜。我的母亲离婚后，依旧是别人口中他的女人。他蹦跶着闯到我大姐的城市，待了一个月后，又到了我的城市。他蹦跶着宣告着自己的自由。他的。他不需要作为一个给孩子缴纳学费的父亲，一个要去工厂流水线做工的父亲，他如今要把撒往养育儿女几十年的大网收起，准备享用丰收的果实。因为，他是我们的父亲。

　　没烟。吃下去的东西简直都想吐出来。父亲那里或许有烟。但是我不愿意跟他说话。风快把我们吹透了，清冷的空气掏空我对于手、脚、脸的肉体感受，只剩下最纯粹的寒冷感。我感觉自己在哆嗦。我的手在口袋里抠着洗衣机绞碎的纸片，还有粥庄找剩的三个一角的硬币。镍币在我的手腹上留下它的兰花一面。摸着摸着，我的手指找到一种存在感。这种存在感从手指尖伸枝展叶，一下子扩张到全身。簌簌的打抖声。哒哒的磕牙声。马路浅浅地涨起一层灰蓝色的水雾。父亲的手打在马路中央的铁栏杆上。嗡。嗡。嗡。像是从积雪的高山上传来的雪崩前兆。"不要打了！"我的吼叫声一下子被冷空气吃掉了起码的力度，到了父亲的耳朵里只是一个绵软的请求。他靠在栏杆上，左腿弯在栏杆下面的底座上，斜眼看我。"你说什么？"

他最开始那种认错的哀切表情没有了,又恢复到我最熟悉的那种淡漠的表情。他没有等我回答,就把眼神抬上去,抬上去,穿过路灯搭起的光面,穿过阴沉的云层,直到宇宙的深处。他的魂灵在那里游荡。他不会低头看一眼身边发抖的儿子。这儿子高他一个头,现在也到了而立之年,头发半秃,眼角起了鱼尾纹,牙齿上有烟渍,跟一个女人谈着无休无止的恋爱。他的儿子。他的儿子不会在那无限延伸的宇宙之中。那里只有他自己。

"喂。"我喊了一声,父亲怔怔地看了我一眼,又放下自己的腿往前走。我觉得自己快要发烧了,我的太阳穴生生地发疼。我们今天怎么来到这样的地方?没有人,没有车子,没有任何隔开我和父亲之间的物体。他的影子搭在我的影子上,尽管我跟他隔了一段距离。可是我没有什么想说的,想说的我早就说过。我说不要来我这里,我很忙。我承认我是站在母亲这一边的。如果母亲来,我会成天陪着她,带着她去逛商场,去爬山,去吃各种好吃的。我有的,我愿意给予这个生我的女人。有她在,家就成立。既然父亲你来了,我只能招待你。跟我母亲离婚的父亲,他带着自己的小包从姐姐的城市直接跑到我的家门口来。他靠在我公寓楼房间的门口,扔了一地的烟头。我上楼梯还未到家门口,就已经知道他的到来。这奇异的预感,像是一阵寒战从心底颤抖开来。这个男人。我立在楼梯的转弯处,手掌来回蹭着栏杆上的圆头,像是安抚一只惊吓过度的家猫。

"你听。"等我走到他左边,他已经立住了一会儿。我眼睛扫着马路,路两侧的防护林在天际处勾勒出高低错落的黑影。"听什么?"他右手从夹克的袖子里探出来,侧在我的耳边,"虫儿叫。"他的手掌贴着我的耳际,冰凉的接触面,有脆亮的振翅声一粒粒地从林子里弹跳过来,像是银色的水珠滴在我的耳蜗里。"多好听,"他把贴在我耳际的手收回搁在自己的耳侧,"是蛐蛐。"起先振翅声一声两声,逐渐有遥相呼应的振翅声响起,最后淅淅沥沥,仿佛把我们罩在一场银雨中。父亲小心翼翼地靠在马路中央的铁栏杆上,头微微仰起。我的脚踢踏在地面上,他低头瞟了我一眼,又恢复到刚才的姿势。我不敢妄动,此刻他身上散发出不可触犯的威严感。他的世界。他的王国。我无缘进入。我闭上眼睛,冷风像是一条冰冰的黑色蟒蛇缠绕在我的脖子上。只有黑暗。我赶紧睁开我的眼睛。虫鸣声渐渐由强转柔,由密转稀,他的头又逐渐低下来,双脚淹没在马路的水雾之中。

我们又开始向前走。他咕哝了一句。"你说什么?"我斜瞥到他的侧面,皮肤黝黑起皱如一只搁在阳台晒久发霉的橘子。"我明天自己回去。"他又说了一遍,"你上你的班,不用来送。"说完,他快步往前几步,跟我拉开了一段距离。我们今天在火车站没有买到他的火车票,他也是这么走的。这个男人要走了。我顿了一下。我的父亲明天要离开了。或许我应该冲他喊上一声："你留下来吧！"可是我没说。我把自己裹得紧紧的，跟随在他的身后。他也裹着自己的夹克，硬壳一般，发着冷光。我无力去撬开这层壳。或许我在内心认定自己是另外一个与他无关的男人。他的儿子，只是一个概念。我口中呼出一团白气。夜，真的深到底了。

丝瓜蛋汤

女人在决定杀掉男人之前,正在做丝瓜蛋汤。女人的刀子在男人的背后几米处比划了几下,男人转头的刹那,女人又低头切她的丝瓜。丝瓜长而老,没有多余的水分,切起来不是那么爽利。丝瓜是昨晚下班回来顺路在菜市场买的,鸡蛋冰箱里还有。锅里的水烧开了,翻滚着水泡。电视的声音从客厅里传来,综艺节目时不时传来爆笑声。男人没笑。他的脚下还放着刚收拾好的包裹。今晚,男人要到他的新欢那里去了。他七年的东西,早在自己不知情的情况下搬走了大半,现在就剩下最后一个小包。女人请他暂且停留,吃完最后一顿晚餐再走。

男人的衬衣是蓝白格子的,裤脚的边沿起毛了,这些都是女人五年前在兴安里市场给他买的。他的新欢怎么不把这一身行头换下来?丝瓜切得极均匀,码在瓷盘子里。下面一步该要去冰箱拿四个鸡蛋。女人的嗓子企图冒出男人的名字,却又生生地咽了下去。女人的胃部是沉沉的,她的手也是沉的,然而脚却是轻飘的。冰箱打开,冷气啪的一下打在脸上。女人的手停留在凝成霜的箱壁上,手肚上有一种异样的生冷快意。女人握着鸡蛋,手掌紧紧地捏了一捏,不破,只是冰冰的。女人从壁橱里拿出碗来。

男人的左手拿着遥控器。换台。换台。手腕上的手表每换一台就抖动一下。当。鸡蛋在碗口处磕破。蛋清沿着碗壁蜿蜒到砧板上。女人赶紧用手去搂。手掌侧黏黏的。男人的脑袋歪倒另一边去,他眼镜的镜面反射着客厅顶灯的白光,一动一闪,像是两只白鸽要啄过来。女人又敲了剩下的三个鸡蛋,拿筷子搅拌。蛋黄与蛋清混溶。筷子头在这黄色的汁液里盘旋。男人的包裹是新的帆布包,是他自己买的?还是那个女人买的?电视机像是捧腹大笑的大嘴,吐出爆笑声,欢呼声,起哄声。三颗大蒜。啪。啪。啪。青椒切丁。啪。啪。啪。

水果刀埋入五花肉里,滞留了一会儿,锉了两锉,又顺势切了下去。将肉切成条,再切成丁,再把肉丁合拢。咄。咄。咄。咄。咄。咄。翻转。咄。咄。咄。咄。咄。再翻转。咄。咄。咄。咄。咄。男人转头,眼睛移到厨房来。女人转身去看锅里的水。水雾喷起,橱窗上影影绰绰挂着一颗男人的头。她背对着男人,眼睛却把男人的投影捉牢,扣在城市的灯火光影中。男人又转头看电视了。女人回身把丝瓜倾倒入锅,瓜片在沸水中跳,像是怕烫,一纵一纵的,渐渐瘫软沉下。呱啦呱啦。就着碗把蛋液倒进锅。蛋像是海里的海藻，抻进丝瓜片之间。放入蒜蓉。盐。醋。料酒。葱花。够两个人喝的。丝瓜蛋汤。

女人待要把汤盛到碗里，又放下。男人接完电话，起身拎包往大门的方向走。女人插在男人与大门之间。七年。最后一次。你一定要留下来吃这一顿饭。然后，你该干吗干吗去我不管。男人又拿起手机。女人看到蛾子从厨房的窗户那边撞进来。很肥的蛾子。丝瓜蛋汤蒸腾的热气中，蛾子像是在云端飞舞的仙女。它褐色的翅膀想必会落下很多粉粒。有毒吗？就吃最后一顿饭。男人在跟那个女人说话。还在说话。最后一顿饭。最后一顿饭。男人看着女人。男人的手机贴着脸。白色盖子。蓝色屏幕。一个女人在五公里之外传达回来的命令。像是两个人拔河。而作为拔河准心的那个男人不公平地歪倒向那边。最后一顿饭。最后一顿你他妈的别说话我说了最后一顿你这个贱人。女人感觉这咆哮声快要冲出喉咙，一下子把男人淹没。咽下。咽下。

男人坐在餐桌边。菜他再也不会端了。他坐着。他的包在他的脚下。他可以随时冲出门。门是反锁的。她趁着他去房间收拾行李的时候反锁的。男人有钥匙。他的钥匙可以随时打开这家的大门。七年三个月零九天，他从此以后不再会把钥匙插进这个门洞。丝瓜蛋汤里没有那一只肥蛾子，它飞到冰箱上方的灯管下。水果刀拿起，在水龙头下冲洗。水流沿着刀刃淌下。光在刃口上闪跳。好的。把刀插入裤袋，抹腰遮盖。丝瓜蛋汤上的葱花，像是大海中的浮舟，每走一步就窜到另一头去。汤放到餐桌上。男人的眼神戳着面前桌面上的台布。一年前，在附近的三得利超市买的蓝碎花台布，洗衣机翻搅后脱色成淡蓝色。

他可以说出他坐的椅子是从哪里买的吗？可以说出这盛汤的瓷盘是哪年一起买的吗？可以说出这垫汤盘的五星形垫子是从哪里买的吗？他的身体是紧绷的赌气状态。他的后脖颈经脉凸出。刀子在那里划开，血液可以像喷泉一般扑开。那会不会像一只开着血屏的孔雀？刀尖在裤袋隔着一层纱布扎着腿部内侧。抽出。砍下。戳刺。捅杀。这个男人最后一次的晚餐，也是她最后一次的晚餐。

凳脚划拉地面的声音，如一把长刺扎进耳朵里。女人一哆嗦，汤盘里的蛋汤泼洒到她的手背上。她的手立马被男人握住。男人的眼睛落在这只冒着热气却奇异般冰冷的手上。放下。起身。进到房间。女人呆滞在桌边，或许再要等待。该再去厨房把那盘肉丁给炒了。男人又一次出现，手上拿着红霉素。房间第五个抽屉的左边。男人知道。药膏在手背上顿起一阵清凉之感。女人要缩手。刀尖顶着腿侧。尖痛。

男人去了厨房。他的背完全裸露在女人的视野之中。此时应该抽出水果刀，冲上去捅男人的肉身。灯丝嗡嗡地在头顶响着。蛾子辗转飞到头顶。男人端着两碗饭过来。一碗放在桌子那一头，一碗放在自己的这一头。又转身。又回来。拿来两只空碗，两只汤勺，分别在桌子两头放好。熟极而流畅。男人知道。每一件东西的位置。每一种生活的习惯。他坐下，拿起汤勺。给女人盛了一碗汤，丝瓜浮在汤面，蛋沉在碗底；然后给自己盛了一碗。米饭半碗，这是自己的饭量。男人知道。男人拿起碗，喝了一口汤。抬头看女人。吃啊。嚯——喝汤的声音。男人低下头，又露出后脖颈。

　　女人挪到自己吃饭的这一头坐下。红霉素的药味隐隐地压过来。坐下来的时候，刀尖戳破那一层纱布。女人感觉热热的血从自己的大腿内侧流下。男人喝完了蛋汤，又拿起碗吃饭。女人把汤碗放下来，男人抬头瞟了一眼。你滚吧。不要再来了。男人起身。拎包。开门。关门。下楼。女人都只是坐在那里。今晚的丝瓜蛋汤，盐放多了。丝瓜的确是老的，嚼起来像是吃一张纱布。男人不说。男人永远不会再说了。

外面下着雨

在路上，我碰到了赵红霞。她背着黑皮包，穿着雨靴，在穿村而过的泥路上跟我并行。细细密密的雨粒把我们的衣服都给濡湿了，而再怎么小心，泥泞也还是溅满了我们的裤腿。她准备去村头的公路上搭车到镇子里去买回佛山的火车票，而我本来打算去小卖部买两包烟的。一边小心脚下的泥路，一边说着这该拜的年都拜完了，该会的亲友也会完了，等个一两天，我们又该出发去城市，离开这个鬼地方。走到村头时，雨粒突然变成雨针，斜啦啦地刺下来，我们只好快跑到路边的台球店躲雨。

台球店不只是打台球的，也有几桌搓麻将的。满满当当的人群裹在淡蓝色的烟雾中，台球当当的碰撞声，麻将哗啦啦的搓洗声，让我们说起话来很吃力。其实我跟赵红霞不熟，我们是六年小学同学，可这并不能说明什么。她问我现在在哪里上班，待遇怎样，有没有结婚，没有结婚那有没有女朋友，没有女朋友那有没有想找一个，想找一个会找什么样的。她绵密地推进问题，而我嘴巴干得很，如果来一包白沙会比坐在这里干聊好得多。

我的鼻翼在烟雾中忽闪忽闪地捕捉飘忽的烟源。这是红塔山的。那是红双喜的。这是红梅的。它们混杂在一起，忽而凶猛，忽而轻柔，好似长着樱桃小嘴儿的莽汉，让人觉得怪怪的。然而赵红霞依旧咬着我的未来媳妇儿的标准不放。要高挑的皮肤白？要会持家的，还会生孩子的？问到这里，她捂着嘴哈哈笑起来，仿佛这是一件十分好笑的事情。她笑起来的时候，牙齿上面肉红色的牙龈，透过手指缝隙露出来。我抬头穿过她的肩头去看店面后头的窗玻璃，雨脚纷纷践踏上去，田野迷失在一片雨幕之中。

夏兰！我的耳朵里赵红霞的叫声炸起。我的大脑中没有立即闪出夏兰的模样，然而名字是熟悉的。我坐的位子是背对着门口的，赵红霞坐在我对面，此刻她起身招手。抬手的时候，我看到她腰间的肉沿着粉红色的内裤沿儿上溢出来。我的手一阵发痒，想去戳上一戳。或许她又会咯咯咯地笑个没完呢。能制止我这样做的行动是我扭过头去。夏兰正在门口的檐下躲雨，她手上是伸缩式纯蓝色雨伞。夏兰！赵红霞见第一次喊叫没有反应，又追去了第二声，喊的时候她起身去了门口。

夏兰。我的舌头和上颚盘弄着这个名字。夏兰。夏兰。夏兰逐渐在我的意识中升腾出一个隐约的印象：这是一个我无法接近的人。虽然，她跟我也是六年的小学同学，还是三年的初中同学。可是她是遥遥地在云端，仿佛是可以不吃饭不上厕所的。她可以永远把住第一名的宝座，从小学一直到初中，从初中一直到高中，然后去很出名的大学，然后是我们难以企及的不敢想象的大家提起都要作为榜样的人生轨迹。她而今在这里躲雨，还被赵红霞从门口拉过来坐在我的对面。一时间，我觉得世界不真实起来，同时我的神经莫名地紧绷，肌肉紧张，牙齿酸酸，搭在左腿膝盖的右腿赶紧放下来。

夏兰端坐在赵红霞的身旁，她的伞搁在脚下。雨水从伞布上滑落，从我的左脚边爬到右脚鞋底下。她也穿着雨靴，鞋底也照样是路上的烂泥，还有草茎，可见她是踩着路边的草丛走的。这让我很意外，仿佛她该是有干干净净的鞋面才对。那红色的雨靴也是普普通通的，随便从哪家小卖店都能买到的便宜货。莫名地，我又放松了不少。我抬头，准备好我的微笑和问候。你几时到家啦？你几时走啊？你现在还在读书吗？我总会问的。她或许是博士了？博士后？印象中她不该属于这个阴冷泥泞的村庄，而该在敞亮干爽的城市中，抱着一堆书，进行着高深的研究才对。然而我没有找到机会。

赵红霞好像完全把我给忘掉了，她连绵的问话完全杜绝了插话的空隙。你现在在哪里读书哇？读到博士后国家分配工作没啊？分到哪里工作啊？工作好多钱一个月啊？夏兰客气而矜持地听着赵红霞的说话,而赵红霞时不时伸手去捏夏兰身上的衣服。这外套多少钱啊?你们高级知识分子,买的衣服肯定不一样啦!怎么会这么便宜?我身上的也要五六百嘞。你摸摸。你摸摸。赵红霞把自己上衣衣摆直直地抻到夏兰的面前。夏兰细瘦的手碰了碰。棉布的嘞。我的娘啊,我妈妈知道这么贵会骂死我的嘞。你看。你看。我这裤子,别看现在旧,当时买的时候贵的呀。听着听着,夏兰的眼睛跑神了。当她的眼睛划过我这边时,我给了一个点头微笑。她好似没看到一样,又收了回去。

怎么回事?她是故意不理会我吗?或者说她不认识我啦?自讨没趣后,我无聊地看着门外的面包车停下,有送货的过来。一只喜鹊站在路对面的屋檐上。两只狗浑身湿淋淋地不知道从什么地方跑过来。赵红霞那么多的话,夏兰依然坐得住。她端正地坐着,偶尔回应几句。她脸上的雀斑依旧在,她的头发披散着,手是苍白,露出绿色经脉来。台球房的乌烟瘴气在这里好像都给驱尽了。赵红霞问她今年在做什么。她说博士毕业,去了美国,然后又回国在北京工作。赵红霞哇地一声,又连连问在美国怎么样。还好。夏兰简洁地回复了两个字。留学生耶。女博士耶。赵红霞搓着自己的手,好像手上握着一颗滚烫的球。

我有点替赵红霞过意不去,她的样子让我觉得像吃了一只苍蝇似的。我咳嗽了一声,赵红霞这才发现我也存在。她又伸手去拉夏兰的手,指着我说,你还记得他吗,夏志刚?夏兰微微点头,眼睛又扫到了其他地方去。她的眼睛从麻将桌扫到台球桌。扫了一遍后,又被迫回来。因为赵红霞在说夏志刚也在北京耶!是的,我也想这样说。她再抬头看我一眼,嘴角弯了一下。我希望她说话。希望她问我在北京哪里,问我做什么工作,问我在北京还习惯吗,问我有没有结婚。这样的话,我也可以用同样的问题问她。莫名地,我希望跟她说话。我要用随意的口气说我在北京买了房子,我有一份还不错的工作。随意点儿。不在乎点儿。赵红霞可能又会大呼小叫,没事的,我要的是夏兰的反应。然而夏兰什么都没有问,她点一下头,算是知道了。随后又恢复了她矜持的表情。她的眉毛淡淡的,脸上没有任何装扮的痕迹。

好吧,既然她没问,赵红霞可以问。我可以让夏兰听到。赵红霞竟然也没问,她不屈不挠地抓夏兰的手,夏兰的手在躲,也还是被捉住了。夏兰的脸上是淡淡的,她没有露出恼怒的表情。赵红霞问她有没有结婚。夏兰摇头。哦,一定是要找个美国老公。赵红霞说。夏兰的身体微微后退了一点。赵红霞又前倾着身子,那你打算什么时候结婚啊?夏兰又是笑了笑,没有回答。我斜靠在墙上,看着对面麻将房里三叔打牌。回去,三婶肯定又要大闹一场。而雨渍在白墙上蜿蜒流淌。扭头看门外,雨果然是大了起来。

你的头发怎么这么干黄啊?赵红霞已经把手伸到夏兰的发

梢里去了。她的手在夏兰的头发里掏。你这头发哈，要懂得保养的。夏兰依旧是淡淡的，她的神情中隐隐有一种想起身的意思。赵红霞又去捏了捏夏兰的脸。这皮肤也是啊，也要保养。我看到夏兰躲也不是、不躲也不是的表情，心中莫名地起了一阵快意。我低头咬紧嘴唇，好担心自己一个不小心笑出声来。那阵痉挛一般要发作的笑过去后，我抬头，正好碰上了她的眼睛。她的眼睛看着我，我心里拧了一下。我觉得她是在向我求救。然而我再去看时，她又看到其他地方去了。她的手、脸、头发都在赵红霞的触摸之中。她是不是有向我求救的意思呢？我不能确定。可是我为什么要出面呢？你都不理会我。是啊，是啊，我们认识这些年，拢共说了几句话而已，连最普通的朋友都不是。我们都只能坐在台下看着你去校长的手中领着奖状，听着你一路辉煌的传闻。然而，我们各自都这样了。我为什么要救你呢？你可以自己起身离开啊。

我不知道赵红霞是不知道呢，还是故意呢，我只是一个看客。我起身去麻将桌从三叔那里拿了一根烟过来，点上，深呼吸一口，吐出烟圈来。那烟圈在夏兰的头边成形然后溃散，夏兰的头明显偏了偏。嚯，看来她讨厌抽烟。她可以跟我说的。夏志刚，不要抽烟可以吗？这个太文雅了，不过适合她。她是个文雅的人，不是吗？我又吐了一个烟圈。我没有去看她。我看着水渍继续从墙壁上淌下来。或者这样说：刚刚，你不要抽烟嘛。我想起她说这话的口气，对，让她再翘起兰花指，娇一点，媚一点，脸上扑点粉，盖掉雀斑，画个眼影，涂个口红，这些让赵红霞来给她弄。然后她伸手摘掉我嘴上的烟，扔到地上，用高跟鞋的鞋尖儿踩熄。我几乎要大笑起来。一激动，烟气把我自己给呛得咳嗽起来。

这一咳嗽还真厉害，咳得我连眼泪都给迸出来了。纸巾在我的眼皮下出现了。我沿着纸巾看到那白白的手，再沿着白白的手看到她淡淡表情的脸。我看着看着又一个喷嚏打出来，这次连鼻涕都给打出来了。赵红霞在边上笑得不行。你看看这人，哈哈哈。她敞亮的笑声在我耳朵里乱撞。笑个毛啊笑！我终于忍不住爆出了一句粗口。又多了一份纸巾过来。我伸手接了。她把整包纸巾搁在桌上，推到我这边，起身，向赵红霞点了下头，去门口拿伞走了。门外依旧是淅淅沥沥的雨。

跟踪

有人跟踪我。我不会回头的。那个跟踪的人在我身后的某处，我不确定是他还是她，或许是他，当然也可能是她。被跟踪的感觉是凭借我的第六感的，那时候我正骑着自行车走在马莲路上，夏日的焚风简直是把人按到了一堆狗毛中，躺得气都顺不过来，然而我的背脊和颈脖有一种冰凉的刺痛感，这是可以肯定的。我希望能转过头去，在车流、人流中把这个人用眼睛给揪出来。可是我不能回头，一回头就表示我知道自己的处境了。

我继续骑着我的自行车，从马莲路东口拐到黄鹂路与巴山路交叉口。我不能往家的方向去，那样的话后果不堪设想。那我该往哪儿去呢？或者我什么地方都不去，我就停留在这儿，抽根烟，看看天，跟那人耗着也不是不可以。既然这样想着，我就果真刹住了车，像是赶着一头猪一样把车子推到交叉口边上的小公园。那里有木椅，有三三两两锻炼的人，那人总不能在这个地方把我怎么样吧。

我歪在木椅上，太阳得下班回家了，阳光蔫耷耷地贴在我的手臂上，贴着屁股的地方还有些温热。对面美江大厦的广告牌打着巨幅房地产广告。维多利亚公馆，您的至尊之选。一个女人从广告上头的窗户探出身子来，往楼下看。楼下的公交站台纠集了黑沉沉一团下班等车回家的人头。这个人在这里头吗？他或者是她，躲在人肉丛中，射出犀利的目光之箭，而恰恰我又感觉到了。这是不好的，很不好的。我还要回家给女朋友做饭呢，何况我车篓子里那条刚宰杀的鱼得抹上一层盐，否则要臭了。等我把这支烟抽完，我是否该给女朋友发条短信，说我会晚点回家。可是理由呢？

我觉得我再坐下来就是个傻子，几趟公交车过去，把那一团人全给拉走了，一个不剩。而太阳终于收起最后一根光条，来公园锻炼的人越来越多。抽完最后一根烟，我觉得嗓子干得很，家里冰箱放着昨天买的生啤，要是喝上一口，爽死了。这要坐到什么时候呢？女朋友也该到家了，而我还没开火呢。好吧，我懒洋洋地起身，不要东张西望，自然点儿，随性点儿，好的，慢慢骑，不要往家的方向骑，往跟家相反的古路街骑，到东阳路往西拐，再穿到小巷里，那里棚户区巷子跟个迷宫似的，小时候经常在那里玩的，熟得很，再寻机把这人甩掉，然后回家。

不敢骑太快，也不能太慢，太慢还不要被女朋友骂死。可我究竟得罪了谁？我又没钱，又没色，跟踪我有什么用？可是我的脖子根那隐隐的刺痛感一直在闪着，时强时弱，好像一枚针始终追着你扎，那针头上的线散在这大街上每一个可能隐藏的角落。骑着电动车经过我身边的胖男人，他瞟了我一眼，他是不是呢？他肚子的肉溢出了衣服下摆，皮带上插着手机套。不像。他把我甩得老远。然而在街对面跟我并排骑行的高个子女人会不会是呢？我快她就快，我慢她也慢。我不骑了。那女人继续前行。那她也不是。那会不会是刚才经过的那家面馆一个坐下来等上菜的青年男人呢，他一直看着我的。可是他也没有跟上来啊。我真的恼火了，你要什么呢？我没有什么给你的。

　　我在迷宫一样的巷子里穿行了十分钟，终于拐上了回家的大路，一路猛骑。这人应该是跟不上了。因为经过一些巷子的时候，并没有看到一个人跟过来。我脖子上的刺痛感也没有了。装鱼的袋子在晚风中簌簌地响着，车链子该上油了，骑起来咣当咣当响，然而也是轻快的。我甚至想哼曲子，还是忍住了。女朋友的短信来了，问我怎么还不回来。姑奶奶，我就回来了。把车子推进车库，拿出门卡走到公寓楼门口刷卡，大门嘀地响了一声自动开的刹那，我浑身一阵发紧发凉，这时头控制不住地扭过去看，公寓楼前的马路、草地、儿童娱乐场，都是空旷无人的，只有远远的小区大门口有一个小保安，正在指挥一辆奔驰倒车。可是我真的感觉到什么？说不清道不明的，也许只是外面的气温与公寓内部气温相差太多才如此的吧。

　　油烟蓬蓬地从手指间炸开，我心反而是安稳的。女朋友在客厅的沙发上剥大蒜，鱼在油锅里煎好了一面，要翻过来煎好另外一面。该从保鲜袋里拿出豆腐来，切块码好。房间是我跟女朋友整套租下的，大而空，反正离市区远，要价也是便宜的。窗外一轮肉肉的红月亮垂在窗棂下面，此时女朋友让我去端切好的其他菜。我的嘴里像是吃了肥皂一样，又苦又滑又腻，鱼汤让女朋友尝，据她说是非常美味的，自己尝了更觉得有一股怪味。鱼的眼睛从汤里戳出来，我一筷子又把它给戳了回去。吃菜的时候，上磨牙跟下磨牙哧地磨到了一起，生起了如同是铁钉划过玻璃的不快感觉。

　　女朋友吃得很香，吃了一小碗又去加了一碗，这叫我很嫉妒。我手头的一碗都没法子吃完。那条死鱼被女朋友撮去了大部分的尸肉，露出纤细的骨架，然而鱼头却是不动的，那眼珠子陷了下去。我想跟女朋友讲有人跟踪我的事情，然而她的眼睛始终停留在客厅正中间的电视上。我又只得吃我们面前那碗仿佛永远吃不完的饭。我记得进门一刹那，身体一紧。那人莫非真的跟到我家里来？可是我上来的时候明明没有见到人的。或许他或者她就潜伏在这房子的一个角落里，待我们都放松警惕才伺机出来？我放下碗筷，跑到门口，试了试门，是反锁的；我又去房间，把灯打开，只要是开关，我都打开，一下子房间暴露在光的领域中。女朋友的眼睛从电视机挪到我身上，又挪回到电视上。

我从厨房走到阳台，再从阳台转回客厅，又从客厅转到房间，没有什么暗角可以藏身的。那我可以安心地坐下来陪着女朋友看电视了。我的手沿着女朋友的脖子一直滑到她胸罩的扣带那里停下，女朋友继续看她的电视，我的手从她轻软的雪纺罩衣探进去。我忽然有一种汹涌的欲望，想再次进入这个女人的身体，这样我可以得到奇异的安全感。她不迎合我，可是也不抵制。她任我解开她的衣服，让我进入的时候，她拿起遥控关掉了电视机。客厅里只有节能灯管里嗡嗡的响声，衣服在身体下面揉搓的窸窣声。我身上出了密密的细汗，这让我松弛下来，而她身上却是阴阴的冷。她总是这样的。她说月亮真大真圆。我回头去看窗外，肉肉的一坨月这次移到我们的正对面，夜风掠过我身上的时候，我发汗的身子又是一缩。我突然觉得那欲望像退潮的海水一样，露出颓软的粗粝肉身。

关灯。关门。睡觉。窗帘拉上。女朋友的鼾声在房间微微震动。而我翻来覆去想睡着总是这样的难。这黑暗是重重地压下来，一点光都没有。女朋友的鼾声都没有了。只有静。而我的膀胱汇聚了满满的尿液。我觉得身子像是一块浸泡着黑色黏液的肉块，沉沉地坠入到无声无息的虚无中去。我伸手去摸女朋友的胸口，她的心脏在稳稳地跳动。她是活的。她彻底地进入了甜美的梦之乡，留我在这里。我想跟她说我被跟踪的事情，现在我想摇醒她。真的，有一个人，在我的身后。他或者她，不远不近，无声无息，不言不语，始终地跟着。现在。对。或许在我的背后。我不能转身。可是我真的想去卫生间，把那股子该死的尿给撒了。

换 台

常来饭馆吃饭的多是附近写字楼的上班族。一到下午六点，饭馆人气暴涨，老板在厨房里煎炒切爆，老板娘在前头招呼照应，点菜、倒水、外卖，刚收拾好一桌，又来一桌。唯有他们六岁的儿子是忙中的一点静，贴在门旁边的挡板上不动也不闹，安安心心，盯着门上头的电视看——昨日蓝猫虹兔七侠传，今日喜羊羊与灰太狼，雷打不动的动画片就是了。

这一日正是灰太狼设计捕捉喜羊羊的关键时刻，第一波下班族七八个拥进店里来。老板娘赶紧上前倒茶招呼，待他们选好桌位坐定，又急忙到厨房传菜单。等待上菜的客人，喝茶聊天吹牛。电视机里中计的羊儿们奔逃呼救伴着灰太狼得意狞笑，站在门边的小家伙小嘴微张，双手握紧，两眼圆睁，一动也不敢动。灰太狼待要扑过去的当儿，突然电视画面变成了两拨子大个子为了一个篮球争来抢去，火箭队对阵公牛队，比80。小家伙一时间没反应过来,愣着看了电视几秒钟,转头才发现客人中间有人拿着桌上的遥控器换台了。小家伙又转头看电视,两只脚在地板上急急地跺着。

哇哦,三分球!快,快,快,传球给姚明啊,笨蛋!麦蒂这个鸟人!妈。妈。小家伙小声叫着老板娘。老板娘刚端上来第一盘菜,此刻立住瞟了他一眼。你肚子疼?叫你中午少喝可乐你不听。妈。妈。小家伙摇头,手指了指客人手中的遥控器迅即又放下。老板娘瞧瞧客人,又瞧瞧电视,回头剜了小家伙一眼。小家伙的头低下来的当儿,老板娘闪身进厨房了。

这一座客人开吃的时候,陆陆续续又进来了好几拨人。老板娘招呼了这桌,又去收拾吃好的那桌。遥控器被最早的那桌客人晾在了桌上,也无人看电视,都忙着对付大盘鱼去了。小家伙杵在门边,压低头,眼睛上翻地看牢了他们,背脊一下一下磕着墙面,左手的大拇指在墙上上下刮出一条凹缝。客人吃完,也不忙走,遥控器上黑色的胶壳上还被滴上了几点油。电视机里球打个没完没了,现在是一大片草地上为了一个球,两拨人奔来跑去。妈。妈。老板娘一从厨房出来,小家伙就小心翼翼地叫。老板娘也不理,端着菜径直走开。

妈。妈。剁椒鱼头。葱爆鸡丁。鱼香肉丝。此次冲突中死亡38人,其中有10名妇女和儿童。他下到田间地头,亲切地同当地农民交谈。妈。妈。杀条鱼,要新鲜的。老板娘,来碗饭。妈。妈。怎么不懂事,边上站着,没看到我正忙着。此次中毒事件，导致33人死亡，14人目前还在抢救中。妈。妈。油炸丸子。白斩鸡。灰指甲，一个传染俩。你怎么这么不懂事啊，边上站，边上站。此次地震死亡人数已经上升到13000人，失踪人数8451人。妈。妈。干煸牛肉丝。炸鸡葫芦。抓炒鱼片。你再不懂事，我叫你爸打你了。妈。妈。老板娘，结账！

吱啦啦椅子脚错乱地划着地面，客人起身买单。小家伙停止了小动作，身子看起来滞住了，待客人齐齐转身往门口走去，老板娘拿着抹布擦拭桌面之时，他像一只皮球从墙上弹了过去，捞起遥控器。你要作死啊，吓我一跳。老板娘身子挪开，给小家伙让了一条道。还好，还好，灰太狼正在被红太狼教训中。桌子刚收拾好，站等多时的客人立马填上来。

另一桌有客人起身来到电视机前，小家伙紧张地看着他在电视柜上找来找去。老板娘，老板娘，遥控器呢？遥控器不是在桌子上吗？老板娘也跑过来跟着找。小家伙不看电视机，专看两人。老板娘转身去看他，他往后退了退。你？他摇头，手伸出来，果然没有，同时眼睛灼灼地盯着老板娘。老板娘点点头。遥控器我再找找。要不你先等等，那边有报纸。小家伙身子一下子松下来，复靠在墙上，抬眼继续看灰太狼。这不是可以换台吗？那客人的同伴走过来。电视机上的换台按钮被一只肉肉的手指按下，一声尖叫小且脆地响起。他们回头看，小家伙低头在抠墙上的灰。又按了一下，又一声尖脆的叫声。像是按到他的疼处,这次他蹲下来,头埋在两腿之间。

　　起来。起来。你到外面玩去。老板娘踢了踢他的脚。他不动,依旧保持着蹲的姿势,头也不抬起,好似就这样睡着了。起来,起来,他们走了,你可以换台了,我知道遥控器是你藏起来了。你说,是哪个台?哪个台?我换给你看,你别蹲着好不好?怎么这么不懂事呢?他突然站起来,从裤袋里掏出遥控器,扔到地上。早没了。早没了。一句未完,身子晃抖,眼泪大颗大颗地落下来。

你才是流氓

那蚊子拿出吸嘴儿扎进我的左大腿内侧时，我正站在回家的公交车上。当然，我不可能弯下腰去拍死它，不可能的，前后左右都是人呢。那一小粒叮咬的疼感，痒酥酥的，分外撩拨人，越不能去抓挠，它就越痒得起劲儿。车厢在起伏，它也随之荡漾，从腿漾到了腰，从腰漾到了头，像是一个妖娆的美人蛇把身体缠绕起来，难耐中又销魂得很。

坐在我前面的女人抬头瞟了我一眼，也许我的表情太过欲仙欲死。我又闭上我微张的嘴唇，一本正经起来，那疼感渐渐软了下去。低头去看自己的包还在不在自己的安全范围内时，我看到了那只蚊子。它拖着胀满我新鲜血液的尾部，一头奋力冲向那女人。女人自从看了我一眼后，立马对我失去了兴趣，现在正闭目养神。那蚊子停在女人胸口两乳之间。蚊子很会选位子。女人浑然不知自己的处境，她姣好雪白的脸像是暑天里快要融化的冰淇淋，软蹋蹋地垂下来。我倒是很想伸手去拍死那只蚊子，它毫无廉耻地在那条沟里扎进去，尽情地、贪婪地、肆意地吸着，而我只能眼睁睁地看着。看撑不死你！我恨恨想的同时，把自己的手控得牢牢的。

那女人剜了我一眼，赶紧去把自己胸口那一块的衣服给拢了拢。她显然以为我对她有意思。这叫我到哪里说理去？而那蚊子叮醒了女人后，得意地从我眼前滑过去，还嗡嗡嗡地慢镜头地飞。它欺负我在人肉中不能动弹，欺负我不敢把手从车厢的横杆上腾出来。它像是提着一只小灯笼，悠悠然往车厢前头而去。而女人把自己的胸口遮挡得严严实实，又闭上她的眼睛。她难道不痒吗？那胸口一块，或许此刻正如开了一朵疼疼的小花，等待着女人去采摘。然而她没有，她会不会像我一般在忍耐中回味着一种微微的快意？

女人的身子不耐烦地在座位上挪动，而同样早就站着不耐烦的乘客都以为她要下车了，趁势往我这边挤过来。好吧，我不是故意的，我只是被众人推到了你的面前。我的腿和腰贴到女人的肩部。那女人把身体努力地往里缩，胸口处也用自己的坤包挡住。她会暗中用包扣把自己胸口那一块蹭一蹭吗？那痒酥酥的感觉是不是像是蛛网一般爬向她的脖子和脸呢？她的脸紧绷着，汗珠子在鼻翼上闪闪发亮，上嘴唇有些细软的薄薄胡须。车厢里响起下一站的站名，女人紧闭的嘴忽然像沐浴春风的花苞一般绽开。我的目光还没来得及从她脸上撤退，她嘴里左边蛀牙的黑洞被我看到了。我立马屏住呼吸，然而她带着咸鸡蛋的口气还是钻到我的鼻孔中去，引得我胃部一阵想呕吐的冲动。

其实我想找个离这女人远一点的地方站着，车到站了，不仅没有下来的乘客，上来的反而愈发多了。他们涌动的力量使我的身体狠狠撞到女人的肩和胸。还上人，还上人，我抓横杆的手都快被那冲力给逼脱白了。车子刚启动，忽然刹车，车上的人都随之一倒，我抓横杆的手一下子给晃下来了，在那一霎那间为了平衡，它跌落到了女人的左乳上。

蚊子停在头顶的车皮上，它收起翅膀，酣饱恬然地休息。女人像是吓了一跳，睁开眼睛，而我早已把手迅疾地拿开，去追打那只蚊子。一个少年隔着几重人斜睨着这边笑，他是看到了刚才一幕吗？我不确定，我不会承认是我。周边的人都在颠簸的空间里，极力维持自己的平衡，无人理会女人质疑的目光。女人像是吃到一只毛毛虫那样，嘴角蠕动，像是在低声咒骂着，手指甲在包上划拉，发出跨啦跨啦的声响。

流氓！流氓！我的耳朵里响起尖叫声。我的左脸颊霍地一下响起了耳光声。我感觉血立马噌地在脸上涌起，火辣的痛感烧了起来。流氓！流氓！女人的手又给了我右脸一耳光。随后，车厢里的声音嗡嗡嗡地在我耳朵里撞。我哆嗦着嘴唇想要解释，然而女人的指爪在脸上犁了一番。我想说话。可是后背不知道被谁打了一拳。我想转身，左腰又被撞了一下。莫名其妙地，我仿佛陷入一场冰雹之中。身体四处都被捶打。我想要蹲下身来，护住自己的头，可是他们都把我焊死了。我无法动弹，无法招架。我突然想起打地鼠的游戏，人们拿着木槌兴奋地在我身上痛打每一个从洞里冒出的地鼠，准确而迅速。疼痛啾啾地喷涌出来。我忽然想起我的包和手机，伸手去摸时，手却被一只强健有力的手给反扭到背后。我忍不住大叫起来。放手！放手！人群忽然间亮出一条道，后车门打开，我的身体像是一只装满垃圾的麻袋被车上的人丢了下去。

当我在马路沿边忍痛起身时，公交车啪地关上车门，从我身边开走。我抬头看见女人稳稳地坐在位子上，她压根儿没有看我一眼，脸扭到车内一边。黄昏时最后一抹阳光斜射过来，我瞥见一粒饱满的泪珠从女人的眼睛中渗出，随即沿着脸庞滑落，带着一线光芒。而我的钱包、手机都不知道被哪个王八蛋给挖走了。到家还要十站路，走回去还得一个小时。我坐在马路边的绿化带上懒得动弹，暮色也渐渐从天边蔓延开来。我裸露的手臂、大腿、脖颈，眨眼间被蚊子咬了几口。我双手上下左右开弓，对每一个进犯者毫不姑息。你他妈才是流氓。我拍死你！我拍死你！

纸脸

中午那阵风非常邪乎，一刮起来，全村庄的人都到天上去了。他们不是飞上去的，而是被拔上去的，直接地，干脆地，从衣服里噌的一下赤条条地冲上了天空。光着身子的他们在天空中如飞溅的肉块，被那阵风合成一块扭成一个肉团，咻的一下消失了。我不明白我为什么被单留了下来，连同屋子、土狗、芦花鸡，都安然地站在大地上。那时候我正吃完饭，妈妈在厨房里刷碗，爸爸在豆场晒麦子。我眼看着爸爸一下子在那阵风里轻巧地摆脱了衣服，我都来不及叫，他就和到肉团里飞走了，转头去叫妈妈，灶台只剩下了她的衣服还在动，人也凭空消失了。我又赶忙到屋后的婶子家，池塘边的大伯家，隔壁的秋娘家，人都不见了。秋娘家的狗还冲着天空狂吠。

正在我站豆场上看天空的时候，我听到妈妈的叫声："死鬼儿的，日头地里，小心晒脱你一层皮！"我高兴地要叫起来，原来刚才那风只是风，可能也是自己看花了眼。我转身去厨房，妈妈并不在那里，然而声音却还在响起："你看你那衣服，今天早上刚洗的，现在又死哪里蹭得这么脏！"声音来自灶台那边，妈妈的衣服站在那里。对，站在那里。而不是像平时那样，衣服一离开人就垮塌在地。不仅是站着，还在动，那袖子仿佛还装着一只手，虽然我看不见，那碗从锅里的水中跃出，啪的一下自己落到了碗柜里，也像是有一只我看不见的手在操纵着它。嘿，真是见着鬼了。

妈妈的衣服上，那袖子在抹腰上蹭了蹭，好像是在擦手，然后裤子带着整个衣服往厨房门口走来，我吓得赶紧往外跑。"你跑这么快，有鬼撵你啊！"还是妈妈熟悉的声音。跑到豆场，爸爸的声音响起来，"莫乱跑，踩到麦子咯！"然而爸爸自然是不见的，爸爸的衣服蹲在麦穗之上，裤管悬空到正好是一只脚的高度，连袜子都还在，衣服鼓胀的形状正好也是爸爸平日里的样子。我惊讶得不知说什么好。妈妈的衣服走到了爸爸的衣服旁边，也蹲了下来。"这麦子长相不好啊！"妈妈的声音。"粪肥没追及时。"这是爸爸的声音。"你家的锄头借一下哈！"我听出是隔壁秋娘的声音，那时候秋娘的衣服已经站在了我家门口。

我不太明白这是怎么回事，是他们出了问题，还是我的眼睛出了问题。明明看到他们被拔走了，可是他们却在你身边走动说话；明明听见他们说话来着，可是又不见他们，只看到他们的衣服。算了，不管他们了。我跑到房间里去，依旧要看我的电视，第二十三集，正是关键的时候，不知道女主角有没有成功找到杀父仇人。电视屏幕上，我只看到衣服，站着的女装，坐着的男装，端着盘子的服务员西服装，连在电视里人都消失了，只有声音，依旧是各自的声音。而肉体，都给抹灭了。

我吓得赶紧关掉电视，往外跑，又是衣服在走动，我又转身跑回自己的房间，把被子蒙上。这真该是场梦。会醒的。会醒的。我感觉到大腿在动，好像有东西轻柔地压下去，却又不是实物，倒是空气的突然加重。我扒开被子抬头看去，妈妈的上衣侧了过来，我吓得大叫："走开！走开！"那上衣又更加地迫近，"你发神经了！"我用手抵了过去，碰到那袖子上，轻软得如触摸到肉体，然而只是空气。我想象这是一只我看不见的妈妈的手臂，我的五指从袖子往下触摸，去到本该手的位置寻找一只手。我却握不住，那里并没有一双看不见的手，只是空气。"你要干吗哦？尽捏我的手？"妈妈的声音刚落下，我就抓过去，"那你摸摸我的脸！"那上衣悬起，"淘气！我还要去翻麦子！"我叫着要摸要摸，那袖子低下凑近。"好啦，摸你一脸油了。"我不满意地喊着："你哪有摸啊？我咋没感觉到？""你是不是今晨被猪啃了？这么多鬼话！"说着，妈妈的衣服飘到了大门那边。

是我出了问题还是他们出了问题？家里那只芦花鸡咯咯地

跑到我脚下觅食,我一跺脚,它屁颠颠地跑开,蹿到了豆场上妈妈的衣服旁边吃麦穗,又被赶了。莫非这芦花鸡能看得见他们?偏偏只是我看不见?我去爸爸妈妈的房间找他们的穿衣镜,我倒要看看是不是我眼睛出问题了?镜子里我看到的是早上妈妈给我穿的黄色短袖,胸口还有中午泼的菜汤印子,然而我呢?我看不见我。我抬手去摸自己的脸,还是好好的,再看镜子,那只是一只短袖徒劳地挽起。我再跳起来,扭两下,好了,镜子里只是我黑色大裤衩在纵跳。镜子不会也出问题了吧?

我冲到豆场上去。"妈,你看得见我吗?我好像不存在了!"妈妈的衣服应该是在大笑,因为那领口的部分往上跳:"你今天真是热昏头了!"我跺脚:"我看不见我自己!也看不见你!"妈妈的衣服和爸爸的衣服都在笑,他们的衣服站起来,在我两边竖着,我紧张地跳开:"你们都不见了,你们不晓得?"我又看见印有外国人头像的短袖衫、海滩裤、灰色三角裤,构成一个人骑坐的姿势,在一辆飞驰的摩托车上,那是村子东头的毛头。经过我旁边的时候,那短袖突然扬起:"小鬼头,你又长高了!"说着,摩托车把这套衣服带走了;玫红色装饰有亮片的上装,带蕾丝边的白色乳罩,牛仔裤一走一扭的,这是在城里上班的红姐,烟头在应该是她嘴巴的位置虚空地悬亮着;而我家屋子对面邻居家的阳台上,狗正跟着他主人的衣服,一脸知足的表情。

我想我是可以习惯这样的生活的，即使我不复见到他们的脸，也能猜着。毕竟他们还有声音在，还有衣服在。我凭借他们的衣服辨识他们，他们的笑和哭，衣服也像是带表情的。衣领往上往下，裤管的外八字内八字，袖子的弯曲和伸直，都可以依稀见到那个人的轮廓。我仿佛是不识字的儿童，靠着直观的图画来认识字。他们却常笑我，因为我常照完镜子，问起他们："你看得见我吗？还是看见我的衣服？"他们的衣服大幅度地抖动，紧接着声音荡漾开来："你个鬼头，说的是什么鬼话！"我抬头努力从领口的抖动中，从衣服前仰后合的姿态中，追想他们的肉脸，兴许还能想起左边脸上有颗痣，上面额头上有块伤疤。我努力抓住关于他们每个人的回忆。

然而每个人的面容都如此容易地消失在脑海中，才几天时间，我怎么也想不起一些人的原本模样。他们是胖是瘦，是高是矮，我存留的那些印象混杂错落，老是对不上号来。然而我却有了新的记忆。当他们的面容在我脑海中淡忘后，我反倒是轻松地记住他们的衣服。哪怕是换了衣服呢。那袖口抖动老大，袖口总是有油的，是山君伯；那总是一套米黄色短袖的，是刘尚玲；而爸爸妈妈总是那么几件灰不溜秋的衣服，更是好认。他们说起话来："嘿，你这鬼头，怎么我说话你老是盯我胸口看，我胸口有糖吃啊！"这时候我又叫起来："我看不见你们！"他们又照例笑："既然看不见，你怎么知道是我啊？"我恨恨地回道："我就知道！"

　　我想世界上是不是真有脸这回事情，我现在真有点怀疑，我看不见自己的脸，我也看不见他们任何一个人的脸。我在村庄里游走，猪有脸，鸡有脸，鸟有脸，就是人没脸。我用白纸画了一张脸，那纸脸可好，剑眉大眼，像是古代大侠，戴在脸上，照着镜子，果然就看到了，虽然看不到自己原来的面孔（我自己也忘记了自己长什么样子）。我兴冲冲地跑了出来，衣服们都在笑，笑得前仰后合，说我真是傻到家了，我不管。哼哼，我好歹有一张纸脸呢，你们连脸都没有。

　　正当我走在池塘边的时候，我的纸脸从我脸上跑开了，它被毛头抢去了，我晓得。他的裤衩从裤腰那里露出一大截。现在纸脸戴到了他脏兮兮的背心上面。我不敢去抢，那毛头一个栗子打过来，我可就要吃不了兜着走了。我冲着远去的毛头衣服喊："你还给我！我看不见我自己！"那剑眉大眼的纸脸转过来："我看得见你！你个鬼儿的！"他竟然能看得见我？爸爸妈妈都能看得见我？现在，他们又在笑我，因为我又逢人就问："你看得见我吗？"他们的衣服笑，袖子抬起，好像是去摸看不见的脸上笑出的眼泪。等他们笑完了，我又问："你能告诉我，你长什么样子吗？我忘了。"那被问的衣服低下来，袖子带来的空气啪啪撞着我的脸："反正比你好看。"我去扯那袖子："那你能告诉我，我长什么样子？"那袖子收回，连带整个衣服飘走了："哪里有闲工夫跟你鬼扯的。"

我睡在床上，不断回忆那阵邪风刮起的时候，是不是连带着把我自己的肉身都给拔走了？我并没有那种感觉啊。只是风把沙子吹到我的脸上，也不疼，那时候妈妈还在厨房问我作业做完了没有。然后我看到了他们赤裸的身子，在我不断的追忆中我想起那白生生的肉从村庄的各个角落溅起，我待去辨识每一张我已经忘记的脸，却是不能了。他们都是肉。我想我是在哭。至少是哭的感觉。应该有眼泪，可是我看不见。当初那风才刮完的时候，我以为我是看得见自己的，原来我只是凭借着惯性觉得自己能看见。我抬起看不见的手，去摸看不见的眼泪。我起床去找纸，我要再画一张自己的脸。我记不清自己是单眼皮还是双眼皮了，也记不清额头是不是有一块疤痕，问爸爸妈妈他们又是要骂的。

我打开门，戴上画了将近一个小时的纸脸。夜晚的风哗哗的，肉球一样的月亮悬挂在枝丫之间，我走一步，它跟一步。我跑动，它也跑动。它丰满而庞大，把天空的一角都给压低了。仿佛锅盖一样的天穹要压了下来，我的纸脸都要给折了。我不要被压死。我在村庄里奔跑，沿路有走路的衣服在叫我。我不要听，我要跑动。月亮在撵我，它像是一张巨大的肉脸，没有鼻子、眼睛，又像是张大成O形的大嘴，要来吞没我。"你个鬼儿，跑什么！"我看见爸爸妈妈的衣服追过来。我喊着："不要来！不要来！"我感觉声音自己像是一股喷泉一般从喉咙里冲出来。紧接着从大伯家，秋娘家，山君家，衣服们跟爸爸妈妈的衣服混合在一起往我这边奔来。我逃跑的时候，瞥了一眼一家房屋的玻璃窗，那张纸脸被我画得嬉皮笑脸的，仿佛连它也在笑我。

口福

天不怕，地不怕，就怕丈母娘打电话。上次一通电话过来，说是出大事了，不得了啦，吓得我心一跳一跳的，一问原来是她藏在五斗柜中间那层的五百块钱不见了。啊哟！五百块啊，我省吃俭用的五百块啊，就这样给偷光光了。怎么办啊？不怕贼偷，就怕贼惦记着。安慰了一通，好容易挂了电话，过一会儿电话又来。啊哟！真不得了啦，厨房的油壶也不见了，卫生间的马桶刷子也不见了，这房子是住不得了，肯定是要被偷光啦，防盗门也不顶事啦。直到我说今晚打一千块钱过去，她才终于挂了电话。再上一次，也是出大事了，不得了啦，高压锅爆炸啦，那只鸡给炸到大厅里去了，真的要死人了，给你和我闺女告个别，没准今晚煤气罐爆炸就再也见不着了。妻子来安慰了好一通，又答应第二天买新的高压锅才了事。

平日里那电话总是在晚上响起，这次却不寻常，大白天我正上着班，那电话就响起了。接起电话，那边却没有声音。喂——喂？——喂！我还以为是手机信号不好，正待挂了打过去，那边却好似从幽暗的水底浮出一个声音的气泡——呜。听得出来还是丈母娘的声音。可是又不像。那股子一接电话耳边就炸起她大呼小叫、一惊一乍的大嗓门，今儿个却挫了锋芒，变得绵软无力。妈，有啥事啊？唔唔唔。什么，你说什么？唔唔唔。那边的声音好似面团给擀面杖碾平了，听起来就没骨头。妈，你要是没事，我就挂了哈，我还在开会呢。我要死了！那边又炸起熟悉的声响。什么？死什么？呜呜呜呜呜呜。你哭什么啊？什么事啊？呜呜呜呜呜呜。那边的呜咽声让我好生奇怪。老丈人的声音冒出来。没啥事啦，就是医院检查你妈身体有点不舒服，你工作好了。什么叫没啥事啊？什么叫没啥事啊？电话那边响起丈母娘的大嗓门。我都要死了的人，你还说没事啊！只听见电话被她抢过去，声音又衰弱下去。医生说我得了糖尿病！是早期的，调治调治就没事了，你就放心上班吧。老丈人凑过去说了一句。李——大——国！我都要死了，你还说没事，我现在就死给你看！电话好似被扔到了一边，那边沸沸腾腾老两口子吵了起来。

还能怎样？请上几天假，跟妻子买了当天的汽车票连夜赶回去。老丈人开的门，接过行李后，引我们进了卧室。丈母娘睡在床上，大热天的还盖着棉被，说是冷得慌，头上还搭着湿毛巾。平日里一进门，哪里不是她的声音？那西瓜搁在冰箱里，你们切着吃。女儿啊，就不能跟你公司领导客气，一定要求涨工资。李大国，我跟你说了多少遍了，不准在家里抽烟。现在她就这么安安静静缩在棉被里。妻子一坐到床边眼眶就红了，伸手去摸她的脸。她听到动静，转身睁开眼，见是我们，手紧拽着妻子的手哆哆嗦嗦挣扎起身。她的脸显得有些苍白尖削，头发蓬乱，染黑的头发发根露出银白的本色。惠玲啊，我放不下你啊。我要死了你该怎么办啊？妻子听不得这样的话。母女两个抱头嚎啕大哭起来。老丈人听见那哭声，扔下菜篮跑进去。哭啥哭啊你，不就是一个糖尿病早期嘛，至于死啊活的嘛。她猛地抬起头，恨恨地盯着老丈人看。李——大——国！我死给你看。她手要掀开被子，妻子赶紧压住。她又靠在床上。你评评理，你看看你爸爸怎么对我的啊。我都要死了，都要死了啊，他还要来气我。我赶紧上前掏出早准备好装了五千元的钱袋，插到老两口子中间。妈，这点钱你先拿着。她也不慌着跟老丈人吵了，也不哭了，接过钱袋，掂了掂，迅疾掀开被子坐起来，两只脚在床底下找拖鞋，妻子把拖鞋递过去，她利索地穿上起身。只听得她跑到隔壁的房间，乒乒乓乓，打开只有她能开的五斗柜的声音。钱放好了，她看起来也精神了。从厨房又传来她熟悉的大嗓门。你们坐车挺累的，我给你们做饭去了。

　　这边饭菜正做着，老丈人又接到电话，妻子的妹妹和妹夫也从外地赶回来了。这边电话刚挂，那边又响起了她的声音。啊哟！啊哟！要死了，要死了。在厨房帮忙的妻子搀着她出来。又怎么了？我们围上前去看。她捂着心口，说是身子没了力气，想必是糖尿病发作了。老丈人在沙发上翻看报纸也不言语。我们又把她扶到房间躺下。妹妹妹夫一来，又是一番嚎啕大哭。妹夫躲出来，在客厅里跟我们在一起说这病情。那边房间传来她越来越奔涌的大哭声。妻子很镇定地在厨房里择菜。我把妹夫拉到阳台。你快去啊。我去干嘛，让他们母女两个哭一场也好啊。不是啦。是这个。我手做着数钱的动作。懂了？妹夫啊的一声说明白。才要去，我又拉住妹夫。上次五百块钱被偷的事情你知道？怎么不知道，我还给她打钱了呀。她也给你打了？

　　吃饭的时候，我们都在饭桌就座。她不肯上桌，说胃不舒服，要躺在阳台的藤椅上，只好随她。我们这边吃着，阳台那边隐隐的呻吟声传来。妻子不放心，放下饭碗跑去察看。又说没事，让妻子回去吃。吃着吃着，那呻吟声又传来了。问又怎么了。还是说没事。妻子终究不放心，端着饭过去要喂她。她哪里就病到要人喂的地步啊？老丈人气闷地把碗丢到桌上。呻吟声没有了，藤椅吱呀呀响起，她颤巍巍起身，驼着背，跟跟跄跄挫过来。李——大——国！说着手直抖抖地戳向老丈人的方向。我这一身病就是你给气的！好啦好啦。妻子和她妹妹赶去搀着她。我和妹夫拉着老丈人到楼下去打牌。

陪着她又去医院检查了一次，病情看来也不是好生严重，只需平日里好好调养即可。我们便计划着再各自留些钱，就打道回府了。走之前，看见她身上穿着的还是皱巴巴两年前我们给她买的衣服，妻子又给了一千块，一定要她自己买点好的来穿。老丈人说了，哪里是没有好衣服穿？现在那市面上流行些什么，她都想要。好了，你和你妹妹倒是给她买了。她又舍不得穿，扔到了橱柜里。搁到快发霉了穿上身，过时了，又要你们买新的，这不是糟蹋钱吗？这边话还没落音，那边她在卧室大叫着心口疼。过一会儿，又是关节痛。半夜爬起来，敲我们的房门，说自己透不过气来。我们犹豫着是不是要再待几天。老丈人干脆，说你们走你们走，家里还有工作孩子的，赶紧回去上班。她就是这样。让她闹腾去。

　　回来后，我跟妻子查阅了好些治疗糖尿病的资料，也整理了一些日常护理注意事项，在电话里一一说与老丈人听。过几天，电话炸起。我真要死了，我不是病死的，是被李大国给打死的啊。哭得妻子好担心，又让我去一趟，把老妈接过来，好生照顾。我到的时候，妹夫也来了，我们相视一笑。老丈人默默在厨房用火炉煨中药。她躺在房间，见我们来了，身子抖起来，眼泪大颗大颗落。你们看看。你们看看。她卷起衣袖，指着手臂一小块淤青。看到没？看到没？这就是李大国那个祸害打的凭证！你们不在，他就天天欺负我。不让我吃这个，不让我吃那个。让我饿死好了！不让我吃还不说，还打我！下楼倒垃圾的时候，我问了问边上的街坊可真有打人一事。那街坊笑个不停。你那丈母娘前天跑出门捡垃圾，说李大国要饿死她，她要靠自己挣钱讨口饭吃。你那老丈人觉得丢人不过，跑去拉她，莫让她丢人现眼。两人推来推去的就这样的嘛。上楼进门，老丈人正端着中药等在床边。不喝。不喝。你要毒死我，你这个老祸害。我和妹夫在边上劝。她伸出细瘦的脚。你看看，你看看，这个老祸害把我折磨成这样。你看看，你看看，皮包骨头，皮包骨头。

妹夫陪她上医院复查。我跟老丈人在家做卫生。移开沙发，一堆甜食的袋子零散地堆着。简直是打游击。老丈人气得把扫帚扔到一边。让她不准吃甜的，她嘴头上硬说谁吃来着，暗地里背着我买。又要跟我分床。我就知道她一个人夜里在房里偷偷吃嘴。那股子甜味，能瞒得过我？发现了，就跟我闹。说我栽赃。说我陷害。你们上次走的第五天，我出大院买份晚报回来，老远儿就看见她跟着隔壁家的小子要冰棒吃。看见我来，赶紧把冰棒给那小子。装作没事人似的。说自己哪里有吃，是买给那小子吃的好不好。自己管不着自己，闹到现在这个样子，你叫我有什么办法？什么办法？你别气我！正正好她进来，勾着身子，被妹夫搀着。她又颤巍巍地搓过来，拿着复诊的单子递给我看。你看看，你看看，不得了啦，那个什么癌细胞，什么白血球，都占了百分之六十。百分之六十啊！她又把单子戳到老丈人眼前。大夫说了，心情一定要愉悦，一定要放松，你摸摸良心问问，你怎么让我心情好了啊？你就知道天天折磨我气我！老丈人不言语，转身扫起那些甜食包装袋伸到她面前。啊哟！她头突然往厨房那边转去。厨房水龙头没关紧啦，你们怎么弄的嘛。才说着，人已经速速跑过去了。

工业城

菜铺 / 奔跑 / 清洁 / 马路
散步 / 烟 / 锄头 / 天光

菜铺

说起这家菜铺,还得从工业城讲起。京杭运河此地经过,二十年前两岸都还是农村,七八个自然村落散落在水田之间。上个世纪八十年代,国门初开,香港木材商看中了这块地皮,傍运河,靠国道,交通十分便利,且毗邻上海,是个好地方,遂大手笔地全部买下,兴建木材工业城。原来的田地,建起了一排排白色厂房。运河边新设码头,专门用来运送从非洲、美洲、俄罗斯砍伐来的巨大原木。原来的村落,则全盘拆迁,乡民住到政府配给的拆迁房去了,由于没了土地,都到工业城来做普工。

工业城生产的木制品产销两旺,规模越扩越大,城内职工宿舍、食堂、澡堂、娱乐厅一应俱全,工人也开始由本地人扩大到整个苏北、浙北、安徽等地。平日里吃饭都可以在公司食堂解决,但想要改善改善伙食,出外却难找到吃饭的地儿。要吃点好的，可以，一公里之外残存的农舍，偶尔会有两家小餐馆；去市区，也可以，坐一个小时的公交车。慢慢在城外马路对面的拐角处，逢到放假，一群摊贩摆开煎饼摊、水果摊、鞋帽摊、首饰摊、针线摊，也有附近农民卖自家产的水蜜桃、鸭梨、草莓之类，当然也有卖菜的。此时卖菜的也是附近的农户，还不是我要说的这家。这些菜农会偶尔来凑凑热闹，卖些个时令的荠菜、番茄、南瓜之类，打打游击的性质。

因为工业城的缘故，政府开始把路修到这边来，从原来的混杂农居中剖开了几条路，直通市区，稍后高架桥也通了过来。工业城的四周慢慢有一些小的工厂入驻。全国各地的打工仔蜂拥而至。现在不仅是原来的运河边上七八个村庄消失，连稍远的村庄也都拆迁。站在工业城中心的高楼上，放眼望去都是工厂。电子厂。服装厂。机械厂。食品厂。这些小厂边上配套兴建起职工公寓，提供给各厂的工人居住。公寓围墙周围自发形成了一个小型集市，各家用塑料棚搭起了店铺，马路牙子搁上几副桌椅，炒菜、烧烤，还有卡拉OK点唱机。每到傍晚，人头攒动。后来干脆在公寓边建起了两排简易的平房，各路摊贩入驻，开始有了川菜馆、拉面馆、面包坊、饺子店、水果铺，当然还有菜铺。

菜铺老板，苏北徐州人，开始在工业城里做普工，后来又先后在附近的电子厂、机械厂做过，现在出来单干，租下两排平房最靠马路的一间，开始了卖菜的生意。最初卖菜的农民，卖的是自家地里产的，自他们的地也被征收后，就干别的营生去了。现在这家菜铺却是个专门来卖菜的。说来这个菜铺的位置好，从这个铺子往东走，过高架桥，到了工业城的东门职工宿舍。往西走一百米是职工公寓，往南往北则是渐渐起来的居民楼。此时工业城也已经有了十来年的历史，有长期在这里做生意的，也就买了房子，每天上下班正正好好要经过这个铺子，因此生意不错。不是说这边没有像市区那样的大型菜市场，有的，三公里之外，当年为了工业城修建的马路延伸出去，过货车来来往往的立交桥，就到了本地人生活的地界，那地方有个大型的菜市场。可是下班归来，谁愿意去那么远的地方买菜？因此可以说这个小菜铺是过了这个村没这店的唯一去处了。

青椒、苦瓜、丝瓜、番茄、大豆、鸭血、鸡蛋，也有装在铁笼里的肉鸡、肉兔，来菜铺的主顾，多是老板的苏北老乡，盐城的、连云港的、宿迁的，口味相对于甜糯的苏南偏重，老板特备有煎饼、腊肠等。四川人渐多，相应得多进一些火锅料、朝天椒之类，不过只是意思一下，放个一包两包，因为四川人多在公司里吃。星期天最最要紧，菜品相应会格外丰富一些，平日里在公司吃的人放假都要改善改善伙食，自己弄着吃。老板开始也兼卖饮料，在居民楼附近开了小超市后，这些卖不出的饮料撂到货架上，蒙了一层灰。肉价疯长的时候，老板还当了一段时间的屠夫，铺子外面铁皮棚下，蹲着杨木长桌，厚实的案板，斩骨刀、剁刀、切肉刀一应俱全，一排铁钩上前腿肉、后腿肉、五花肉，买的人却不多。主顾们在工业城中午都能吃到肉，反而是蔬菜更畅销。现在只在铺子小圆桌的案板上，一大截仔猪腿肉招引着苍蝇。冰箱也不放冷饮了，改放豆皮、豆泡、湿面。无论是卖饮料，还是卖猪肉，都是副业，主业还是卖菜。带着塘泥的新鲜粉藕，太湖产的莼菜，过年从老家带来的盐豆子、萝卜干，却不卖阳澄湖的大闸蟹，因为大家都买不起。

开始是老板一个人在。后一年，媳妇也过来了。老板多坐在铺里，脸白手白。媳妇却是有着浑厚的乡气，柿饼脸，脸颊多肉，饱满得鼓起，黑红色，带有乡村特有的喜气。老板寡言，媳妇更寡言，平日里静悄悄的，说话的大多是顾客。顾客说要肉，媳妇一刀利索杀下去，三斤是三斤，老板称重收钱。说要鱼，媳妇到外面的脚盆边站着，顾客点哪条，她一网兜下去捞起来，拍切剖砍，掏出来的下水扔给自家的黄猫吃。两口子就住在店铺里。床铺在店的角落，是乡村那种格外结实的木床，床底用火烧的竹篾垫底，草垫子，涤棉床单。床两面靠墙，两面立着货架，只在货架和墙面相交的地方留下进出的口子。床尾与冰箱交接之处放一个小桌子，14英寸小彩电立在上头。寒暑假的时候，他们的小儿子也会从老家过来，坐在床上看动画片。

小儿子来的同时，老板的老娘也会过来。那一段时日很紧张，顾客一进门，都能感觉到老婆婆雪亮的眼睛。走到东边的货架，这双眼睛跟到东边；走到西边，又跟到西边。媳妇切肉，婆婆坐在门口，搓搓搓地方言过来，是怪媳妇切多了，媳妇不说话。依惯例，顾客买完菜，会附带要老板捎上一把小葱，搓搓搓，婆婆的话又会过来。儿子有时候不耐烦，顶撞了两句，婆婆就生着闷气坐在铺子外头剥茭白。不过，婆婆做饭是个好手。煤炉子搁在铺子外头的角落，熬着排骨汤，浓稠的香气勾得每个来买菜的人都忍不住吸上两口。想过去看，见婆婆没个好脸色，都跑去问老板怎么做，用的是不是店里的藕。晚上七点多，买菜的人流渐少，昔日切肉的杨木木桌放在铁皮棚下当饭桌。媳妇安安静静地吃。婆婆叨叨地跟儿子说话。儿子只管呼噜噜喝汤，实在不耐烦，就顶老娘两句。

如果再站在工业城的高楼望去，很难想象当年这里会是一片农村。工业城西南角当年闲置的土地，因着这些年效益不好，都卖了出去。市区的房价已经炒到了均价一万多，而当年离市区要一个小时的路途，因为环城高速和私家车，十几分钟即可达到。从工业城到市区一路昔日的农村都消失了，成了一眼望不尽的楼盘。现在这些楼盘两年内也在工业城周围兴建起来。到此处买房的人也越来越多，逐渐形成了几个生活小区。老板的菜铺生意开始因为工业城的日益萎缩也萎靡了一段时日，现在又红火起来。铺子的东南边、西北边都多出了几条马路。一些老厂也倒闭卖掉，被开发商盘去。现在，小铺就在几个居民小区交会点上，本地人突然多了起来。小区外围的门面房一排敞开，发厅、东吴面馆、沙县小吃，都纷纷入驻，小超市也兴起了。菜铺所在两排破旧的平房，慢慢有店家关门撤离，最开始受到冲击的是饭馆，后来是水果摊，最后轮到菜铺了。

第一波冲击是在原来工业城的西边，几个生活小区交叉的核心地带大型连锁超市入驻。第一天开张的时候，人流如涌。附近小区新开的小超市没几天就搬到了离大型超市一公里远的边角。大型超市的一楼是肯德基、大娘水饺等各类连锁店，二楼有专门卖菜的区域，附近的本地人开始去超市买菜。菜铺的生意还不至于没有。一来附近工业城的老主顾嫌大型超市结账要排队等，买菜要把葱都不得，还是到这里来买。二来菜铺离大型超市还是稍有距离，嫌远的人也来此买菜。真正对菜铺构成威胁的是农贸市场的开张。市场就在菜铺的北边，离菜铺三百米的距离。各路菜贩子涌进来，顾客可选择的菜种多之又多，而且还便宜。现在就连工业城的老主顾也开始去菜市场买菜了。偶尔来铺里只是买买盐或辣酱之类的，后来连这些也不来买了。

现在，媳妇回家，菜铺又剩他一人，也照样开张，几样菜放在菜架上都蔫掉了。老板坐在铁皮屋顶下睡懒觉，黄猫盘在腿边。偶尔居民楼那边下班的人骑车经过时，打声招呼，老板就起身站起应酬两句。骑车人一走又坐下来，对面新建楼盘呲啦呲啦的搅拌声波波荡来，也影响不了他的睡意。而菜铺子在的那两排平房，墙体石灰剥落，偶有残存处画了个大圈，搁一个"拆"字。菜铺边上的工业城早两年已经整体搬到苏北的宿迁去了，这大块地皮也已经被开发商盘下，据说要盖意大利式的小别墅群了。

奔
跑

人事经理一推开办公室大门，脸就垮下来了。女人和她儿子立在他办公室沙发与办公桌之间。你们不是拿到钱了吗，怎么还有事？女人左手捏着信封，小心地笑。才五千块啊，郑经理。我儿子是一只手完全废了啊。五千块能做么事啊？我早说了，你儿子这个情况是他自己在操作冷压机的时候不规范，才把手弄伤的，跟我们工厂没多大关系。刘伟是不是啊？人事经理一边冲着女人的儿子说，一边在门口做出个往外请的手势。女人身后的儿子慌张得准备迈腿出去，被女人截住。女人从手提的塑料袋里拿出工伤事故申请表、医院证明。你看啊。郑经理。你看啊。这上面写了啊，是残废啊。我儿可怜啊。你看啊。女人转身把儿子拉到身旁。儿子却不断往后躲。女人的手臂狠狠把儿子拽住，又回头冲着郑经理。你看看。女人把儿子伤残的那支手臂袖口往上提。没有手掌，手直接从细瘦的手腕开始，像是麻花一般弯扭至臂部。你们大家都看看啊。女人往办公室外办公的工作人员高声地喊。我儿手废了啊。外面所有的人都低头做各自的事情，没有人抬头看一眼。你这是干什么？郑经理没办法，关上办公室的大门。干什么？

什么都干不成啊，我儿子手废了，拿么子来谋生活？拿么子娶媳妇？我儿老子死得早啊。你看我儿子可怜。公司规定是这么多，我也不能多给一分钱啊。这是公司规定啊。规定也是人定啊。你看我儿多可怜。我儿没娶媳妇啊。我儿老子死得早啊。你别哭好不好好不好。我能理解你的难处，也要理解我的难处啊。我们人事的不管财务。郑经理你行行好。你看我儿多可怜啊。我儿老子死得早啊。我跟你说不清楚真是的。你别哭可不可以啊，有话说话。我儿好可怜啊。郑经理你是好人有好报，我儿老子死得早。你不要这样，不要这样，你别跪，你别跪，刘伟，刘伟，别让你妈跪着。你看我儿多可怜啊。你起来，你起来。刘伟，刘伟，你把你妈拉起来啊。真是有话好说啊。你看我儿多可怜啊。多可怜啊。我儿还没娶媳妇啊。多可怜啊。我儿老子死得早。郑经理，求求你。郑经理。

郑经理打开门。保安。保安。小李赶紧叫保安。女人跪在办公室的沙发边，儿子杵在她身后，一直埋着头，伤残的那只手躲在身后。郑经理转身进来。女人猛地把儿子往下一拉。儿子没立住，跪了下来。女人又抓起儿子那只残废的手往上举起。你看我儿多可怜啊。可怜啊。没得老子，没得媳妇，没得钱啊。郑经理烦躁地在办公室与门口走动，走走看看门口。小李。小李。保安怎么还没来？此时，两个保安已经跑过来。女人突然起身扑过去，郑经理慌得往外躲。女人却又塌下来，坐在地上，双手扬起往大腿拍。你好人有好报，你看我儿多可怜。保安。保安。两个保安待要上前。女人一下子抱住郑经理的大腿。保安硬是拉不动，也不好强来。郑经理急了。刘伟。刘伟。你还跪着干什么！赶紧把你妈妈拉起来啊。儿子磨磨蹭蹭起身，走到女人边上。女人猛一回头，瞪住了儿子。你看我儿多可怜，你是好人有好报。刘伟。刘伟。莫让你妈在这里丢人现眼了。儿子用手小心碰碰了女人肩头。女人突然噌地站起来。你说么子，你再说一遍。郑经理莫名矮了一截。保安。保安。两个保安向女人逼过来。你娘的你有种再说一遍。女人像一头猛兽冲上来。保安。保安。还等什么？不需要你们这群王八，我自家会走。女人拉着儿子摔开门，保安跟在后面。

看看我儿的手。看看我儿的手。下班的人群在大门口滞住。莫在这个黑心厂做啊，做不得啊。儿子头埋得更低了，那只伤残的手现在被女人用力地擎到众人的目光中。围观的人一圈下来，好些人吓了一跳，不敢再看。也有胆大的凑过来细看。女人有些兴奋起来。你看看。你看看。我儿本来长得几好。到这个厂做了三个月，瘦得跟从饿牢里出来似的。你看看。你看看。我儿手这个样子了。做不得啊。黑心厂啊。良心叫狗吃了啊。得了好多赔偿啊？人群中有人问。好多？五千。

五千不错咯。还有个手臂嘞。上个月有个人连手臂都被绞断了，总共也就赔了个八千。我去告。你去告。要告的人多咯。没得人告赢。老板后台硬，中央有人的，你告到中南海都没得用。我不信。你不信有个卵子用。

先前的两个保安一过来。围观的下班人群见势一哄而散。走走走。保安来攥。我不走，我为么子要走。儿子终于从女人手中收回自己的手，退到一边。女人在两个保安面前，不退一步。要么赔我儿一只好手，要么赔钱。赔个卵子你要不要。保安笑嘻嘻地点头说。你敢赔我就敢要。女人冷冷看着他们。保安脸一下子抹下来。滚滚滚。不准在我们厂里撒泼。女人脚踩踩地面。这个不是你们厂，我们爱站在哪里站哪里，你管不着。管不着。我跟你说，这条马路看到没有，那边一片，这边一片，包括你脚下站的都是我们的。妈。妈。儿子过来拉女人。你叫么子叫，叫么子叫。你为么子跟你老子一个德性，脓包一个。你老子没了，我要是死了，鬼嫁你啊，鬼养你啊。我就不走，我就不走，今天要不到钱，我死也要死这里。保安上来要推她。你敢碰，娘的，你敢碰。一辆大货车从门口开过来了。女人躲过保安冲上去，横躺在货车的前面。你们不给钱，我就死在这里。

货车急刹车，司机按喇叭。怎么回事？怎么回事？保安面面相觑，随后赶上来。喂，你莫太过分了啊。女人躺在水泥地上不动。莫给你脸，你不要脸。又是喇叭响声。后面跟着货车都停下来了。司机都不耐烦地按喇叭。有司机下车来看情况。你给我起来。你给我起来。女人不说话。保安上来要拉她。刘伟，快去把你妈拉起来。刘伟，没得你的事情。女人突然说话了。说完依旧躺着。儿子远远站在绿化带边上。一个保安去门卫处打电话。另一个保安过来。你躺着又拿不到钱。你起来我们好好说行不。女人不说话。那个打电话的保安过来了。郑经理不同意。两个保安来到女人脚边，一人拉着女人一只脚。司机在边上抽烟，咕咕发笑。你们要干么子？你们干么子？女人的身子在水泥地上往路边移去。两位保安笑。你叫个啥，你叫个啥。边上的司机都笑起来。女人手往后伸，够到货车车头下的横杠，一把抓住，与保安形成拉扯的局势。女人穿着的儿子初中蓝色校裤在拉扯中从臀部划下来，露出肥大的黄色内裤，明显是男人穿的那种。司机们笑得更凶了。你叫啊，你叫啊，叫大点啊。

叫声非同小可，却不是从女人的身体发出来的。拉女人左腿的保安蹲下来，抬起头时，血从头顶流满一脸。一时间拉女人右腿的保安，还有司机们，连女人都在发愣。血沁透保安的衣领和手掌。另外一个保安回过神来，转头看见儿子手上的砖头一角也有血液。他放下女人的脚，拿着砖头的儿子往后退。娘的。你找打。保安逼过来。儿哎，你快跑。女人起身抱着保安的腿。另外一个保安被司机扶起进到门卫处。也有司机跳下车。女人另外一只手徒劳在空中挡着。你快跑，儿哎。儿子望望女人,往运河那边跑去。

我儿可怜啊,我儿没得老子。女人半跪半拉着保安的脚。被打伤的保安按着染透血的毛巾探头出来。报警。报警。娘的。莫报。莫报。女人慌了。女人起身奔到门卫处。跪在保安脚下。是我错了。是我错了。我儿可怜啊。报警报警。莫报。莫报。女人抖抖索索从口袋里掏出信封。这个是今天拿的五千块,你拿着去看病。莫报警。莫报警。我儿可怜啊。我儿没得老子。另外一个保安接过来五千元。算了。算了。女人感激地看着那个保安。我儿可怜啊。我儿可怜啊。流血的保安不吭声了。女人起身往后退,退到大路上,儿子跑得不见踪影。滚。保安一声吼。女人吓得一抖,走两步被自己忘拉上去的裤脚绊到,露出了内裤和一截子大腿。开动货车的司机,一边笑一边啪啪按喇叭。女人慌乱地拉起裤子,沿着儿子逃的方向奔跑。

清洁

每日上班都要道一声好。阿姨早。阿姨早。阿姨早就候在了大门口。进大门，往左边，走一排小办公室，领导办公用；往右走，大会议室，日常开晨会兼会见客户用；夹在中间的就是职员办公的地方了。阿姨每日里趁着大家上班前做好清洁工作，会议室的落地窗、卫生间的盥洗台、办公室的富贵竹，该抹的抹，该洗的洗，该浇的浇。大家来时，阿姨已经给领导沏好了茶，给职员烧好了水，顺带连花茶都准备齐全了。领导稳坐办公室，大家忙出了气势，吱吱吱传真机响着，叮叮叮办公电话闹着，夹杂着业务员高一声王总好低一声李总早。此时阿姨也坐不住。阿姨，准备好六个杯子，待会有客户来。阿姨，打印纸没有了，再拿一包来。阿姨这样，阿姨那样，阿姨练就了好一身轻功，从杂物间奔到各个需求点。开口需求的人却不需抬头看一眼。

领导一出办公室,到马路对面工厂开会或是出外会见客户,办公室哗的一下就有了过节的气氛。男职员躲到卫生间抽烟去了,办公室成了女人的天下。老中青女人都有,当妈的,待嫁的,怀上的,再加几个刚从学校毕业的学生妹,聚在一起,吃的玩的穿的住的,乃至于领导间的恩怨,老板儿子们的争权,各厂的八卦,哪个随便一谈也能说上个好一段时间。阿姨不参与,只是当某个人叫阿姨烧水时,会发现阿姨拿着擦玻璃的抹布听得出神。大家谈着谈着哄地一笑,阿姨也跟着笑;大家说起对面的超市要打折时,阿姨就在人群的周边慢腾腾地拖地。不仅是说,连带着要在网上淘个流苏包,去水果摊买刚上市的草莓,去超市里挑打折的暖手宝,都是哪位一说大家一起兴都一窝蜂地去做。阿姨眼见着她们中午下班时间结伴而去,自己只是在杂物间清理各种物件而已,并没有哪一个叫她的。

这一日有人谈起了星期日参加的婚礼,说起婚宴上那苏帮菜甜死个人,鱼是甜的,肉是甜的,连面条都是甜的,还叫人怎么吃。立马有人响应。办公室五湖四海的,爱咸的偏辣的嗜酸的,没哪一个说自己喜欢苏州本地菜的。啊哟,你们没吃过正宗的苏州菜,好哦?大家循声找去,正见阿姨蹲在开水房的门边清理茶渣。阿姨也不回头。你们吃的都是些个不地道的。苏式糖藕阿晓得?明天带给你们尝尝,就晓得我们苏州菜的好了。第二天,阿姨真就带了一盒子过来。这是自家做的。选的是太湖新鲜莲藕，我叫我老公专门去西山买的；还有这桂花是我自家院子里桂花树上摘的，图的是个干净新润。莲藕上锅焖煮，黑紫色时候停火，这个时候要注意趁热在原汤中刮去藕皮，要轻点哦，再切藕片码好放上糖腌桂花，透亮的冰糖和清水，上笼蒸透，装盘后还不算好，要再把蒸藕糖水熬成稠汁浇在莲藕上，这才是一道正宗的苏式糖藕。吃吃看，怎么样？这个你们平时没见过吧？众人都听得发愣，又要她接着讲。阿姨地也不拖了，水也不烧了，拄着拖把靠在办公桌沿。说起那蟹粉狮子头、酒酿蒸鲥鱼、响油鳝糊西瓜鸡，哪一样不是千里挑万里选的，才能做出一份正宗的来。阿是啊？阿姨一声苏白问话出了口。是的。是的。众人纷纷附和。

又一日办公室流行手织毛衣。领导前脚刚一走，众人后脚从包里掏出线团和棒针。阿姨拎着水壶经过。啊哟，你这样打错了呀，阿晓得？阿姨拿起其中一个人的。要这么起针，看到没？正面织低针，反面织高针，然后收针。左右用高低针围边。看看是不是出来了？众人又拿着自己的活计上前，其实都是些半吊子，不知如何去挑花，如何挖领窝，如何套口和缝合。大家只要问，没有阿姨不知道的。最后一趟下来，一条围巾成型了。阿是啊？阿姨一声问。是的。是的。众人点头。阿姨拎起水壶继续去烧水了。

几次下来，谁也不敢小瞧阿姨了。资深的员工对着刚来的学生妹一声叹，不要小看他们本地人哦。家家哪个没几套房子的。单说阿姨吧,本来工业城没建起时,她就住这里了。工业城一建,房子拆迁了,政府分了房,两套都是两室一厅,现在她儿子做着大生意,阿姨现在在这里只是个耍,反正闲着也是闲着,挣挣零花钱来着。你当是她像厂里那些个累死累活一个月挣不了几个钱的农民工啊,不一样!阿姨却照旧穿着她的天蓝色保洁服,有时候拿着除垢毛刷,有时候套着洁厕橡皮防水手套,有时候拿着拖把从大厅一头拖到另一头。经过众人的办公桌,哪个不要抬头对着阿姨笑一下道一声辛苦了?领导一走,阿姨是领导。阿姨指导这个如何前挑花后挑花,教诲那个如何给孩子喂奶和洗澡。连说起要买鸭梨,阿姨都认识熟人,三元一斤还新鲜,比市面上便宜多了,就凑钱让阿姨带。面包?我家楼下烤的不要太正宗,我老公每回都买了当早餐。遂又凑钱让阿姨带面包。

其实单说这些零碎的小打小闹也就算了,阿姨还能耐。领导关门开高层会议,谁也不敢进去,阿姨敢。阿姨端茶送水,谁也不防着,要调动谁去当五厂厂长啊,要向俄罗斯进口多少原木啊,要调整谁和谁的薪水啊,阿姨一门清。或者是人事经理讨论春节放假的事宜,阿姨在办公室里拿着拖把慢慢拖,等领导一走,翻翻领导桌上的决策文件就知道了。哪一个不是大家关心的,阿是啊?这样的事情,众人也不问,阿姨也不说,却在中午聚餐的时候,阿姨说那么一句过年九天假你们阿买到票,或是说到某位科长时提一句到时候要叫他厂长哦,每个人都心领神会。只是这阿姨越发叫得亲热。要烧水了,也不叫阿姨,偏让阿姨歇着,自然有人拎着水壶去卫生间接水;水杯倒了,茶叶末撒了一地,阿姨也不用动手了,有人会拿着扫帚收拾干净。只是到了开会之际,众人屏声敛气,阿姨却是个松弛的状态,端着水壶一次次从办公室进出。从各个办公桌间急急掠过,众人谁也不敢轻易打扰。阿姨再转身进去时,对着众人一笑,或是眉头一皱,其中意味都分外让人联想。

一日众人说起了八厂的女厂长,都羡慕她年轻有为,才来了两年,车子也有了,房子也有了,一路从普通职工当上了厂长。阿姨却不说话,自顾着拿抹布擦拭饭桌。再说起这女厂长,人长得也正,脾气也好。阿姨眉角一扬,嘴角一挑,是个笑的意思。众人会意了,也不问,也不催,单是个等待。啊哟,你们别看我啊,你们继续继续。众人饭也不吃了,汤也不喝了。阿姨收拾好这边,又收拾那边。阿姨,是不是总经理和她?啊哟,我可没说过,这是你们自己说的喔,阿是啊?众人都道是,相互对视一笑。下回,又是聚餐,阿姨提了一句:手都拉上了。掐头去尾的,众人中隐隐有骚动,这回都有些不淡定。阿姨转头去把凳子推到桌子下面。阿姨。有人叫。阿姨转身,左手摸着右手,众人哦了一声。眼睛还不离去,还看着她。啊哟,你们不要看我,我什么都没说啊,阿是啊?是啊。是啊。众人附和着。阿姨脸却红了,忸怩起来,好像在极力压住一个要喷发的东西似的,手拿着抹布在一个地方蹭来蹭去。

我。我只是送水了。幸好我眼尖，从门缝就被我看到了。阿姨拿眼看着众人，我什么都没说，阿是啊。是啊。是啊。众人又附和着。

现在无论是阿姨擦玻璃，还是抹桌子，或者拖地，都有人凑上去帮忙。阿姨。阿姨。压低声音。那个。那个后来咋样了？阿姨。阿姨。前天总经理去八厂，你去了没啊？阿姨。阿姨。你说这个事儿是吧啥时候开始的？啊哟，我说我哪里晓得，我就端个水。下次八厂不是要开会么，到时候你阿去。去是去的，哪里管得了这些。阿姨。你歇歇。你歇歇。阿姨就歇息在那人的办公椅上。有人端热茶，有人送瓜子，阿姨要起身，众人都不让。前天，我在八厂那边看到他们在车间后面，你看我，我看你，我都看不下去。众人凑得更近了。阿姨。阿姨。喝茶喝茶。后面后勤处的吴处长把我叫走了。众人唉的一声。不过。阿姨话头一转。哦？众人又打起精神。我走之前，看到总经理拿文件递给她，那个。那个。阿姨却又不说了。是不是这样。有人左手摸了摸自己的右手。阿姨起身。啊哟，我什么都没说。阿是啊？是啊。是啊。

这一日，总经理要到八厂去开会。众人早早就催着阿姨过去。阿姨说这边玻璃还没擦完。我们擦。我们擦。地还没拖呢。我们拖。我们拖。阿姨这才慢腾腾地起身往八厂去。阿姨，我有电动车，阿要？不要啦，不要啦，我走过去好了呀。阿姨你骑。骑着好了。阿姨拿着那位硬塞过来的钥匙去了。众人像以往一般在各自的位置上，相互间细细碎碎说些个肉价涨了黄瓜涨了工资却不涨的闲话。说着说着都不时看看手机。阿有半个小时了？会议不知结束没啊？有业务员大叫不好，说好约一个客户来谈单子，都搞忘了，遂起来忙着准备。要找水杯却遍寻不见，有人说平日里阿姨拿东西常是到杂物间去，要不去找找。业务员去了杂物间半晌，杯子没寻着，却急急跑出来叫众人过去看。

也就是个普通杂物间，一壁立柜，满满当当放着抽纸、茶叶、立便式吸臭球这一类的东西，能有什么看头？不是啦，你们看这里。业务员指着柜子最底层拉开露出的一个布袋子。陈科长，这是你的手机袋子吧？王玲，这是你的手套吧？啊，这是我掉的颈链，我四处找不到啊，五千多块买的呀。这不是李爱华的钱包吗，上次说掉了硬是找不到，原来在这儿。众人一时间各自找到自己原本丢失的东西，附带连以前同事的也刨了出来。各自回到座位上，众人一时间无话。上次我丢了三百块钱。突然有人说。我还丢了一张农行卡呢。我早看她鬼鬼祟祟的，真是不假。上次她买的那个草莓我带回去给我女儿吃，害得我女儿拉了几天肚子。碍着她面子我都没好意思说。记得下班把抽屉锁紧哦，真是知人知面不知心。不行，我们还得去找找，兴许还有。阿是啊？是的。是的。众人点头，又起身拥进去。

快下班时阿姨回来，办公大厅里静悄悄的。阿姨早已习惯的人群围过来的场景没有发生。阿姨清清嗓子，脚步比平时重。众人也依旧坐在自己的办公桌上，连头都不抬。那个。那个。阿姨往门外看了看。有新情况了。还是没有回应。阿姨走了过去，脸色一点点发白。每个人的办公桌上都放着他们从杂物间拿出本属于自己的那一份东西。阿姨速速走到杂物间。这是谁做的啊？谁做的啊？阿姨又跑出来，双手摊开。我不知道啊。不是我做的啊。哪个狗吃了良心的栽我赃啊。众人依旧埋头干活。我没拿啊。真的。阿晓得是哪个做的？众人起身，关掉电脑，锁上抽屉，拎着皮包，纷纷收拾准备走人。阿姨撵上去，在大门口截住众人，一脸泪水，两手摊开。我没拿啊。真的。真的。我对天发誓啊。你们晓得我不是这样的人，阿是啊？众人在门口愣一下，纷纷绕开阿姨，各自回家去了。

马路

马路两边的香樟树尽皆移去，施工的队伍开了进来。两边人行道一边开挖铺水管，一边翻新铺地砖。挖的一边是男人，铺的一边是女人。中间马路沿工业城一径走到运河边拐弯处，展眼两顶军绿色帆布帐篷。每顶帐篷四张床，床脚砖头垒起，几张木板拼接即是床板，棉被铺开，散发着河水的腥气。门口一口灶台，也是砖头垒成半弧形，留一口子，灶上坐着大锅，灶腔里烧着运河边的芦苇秆。晚饭常是一大锅清水面，就着辣白菜、豆腐乳，也能吃得热火朝天。有时还能多出一瓶二锅头，男人女人都能喝。偶尔受风饱吹，篷顶红白相间的塑料雨布呼啦啦飞起，男人中即有人起身，从篷后铺管机上拿出铲子去压。此时小孩也会跟过来。

是个小男孩，三四岁的光景，光凌凌头顶扎了一撮冲天小辫，因着厚厚小棉袄外加罩衫，手脚动起来很不灵便。男人黑而瘦，一身仿制迷你军服，膝盖手肘处都沾着泥点，蓬乱的头发上尽是灰白的尘沙。篷顶压好，男人坐进篷里去，和其他男人喝酒。小男孩却一心一意蹲在路灯脚下看虫子。汉娃，来，吃一口。女人端着碗走过来。妈，虫子。汉娃，乖，虫子也要回家吃饭饭。啊，吃一口。小男孩别过脸去吃了一口，眼睛却不离开虫子。汉娃，乖，再吃一口。妈妈从碗里捞出几根面条。小男孩起身往马路上跑。你作死啊，有车子啊。女人跟在后面撵。莫跑。莫跑。听到没？有车子。男人也从篷里跟出来，急急冲过去抱起小男孩，边往篷里走，边往小男孩屁股上佯装要打。你还乱跑。你还乱跑。小男孩也不怕，像是在空中游泳似的，两条小腿在男人胸口乱弹，还仰头冲着女人做鬼脸。吃罢饭，男人在路灯下面抽烟打牌，女人洗碗。临到睡觉，男人抱着小男孩冲着盛开的日本晚樱把尿，小男孩一边撒，一边伸手扯樱花的花瓣吃。

　　白天，男人在这边跟工友挖土方，女人在那边拿着铲子撬地砖。有时候小男孩在女人这边，蹲在人行道旁的苜蓿草丛中，掐一朵小野花就碎碎地跑到女人身边给她看。汉娃，给我摘一朵嘎。女人身后的大婶一叫唤，他又起身跑到草丛中摘。汉娃，跑慢点。莫摔倒了。摘好一朵送过来，女人们都笑个不停。又有人要他摘。他不肯了，蹲在砍断的树枝边，掐香樟叶子闻。有时候小男孩在男人这边，在挖开的壕沟里，撒泡尿和泥。日头渐热。女人起身往这边喊。汉娃。汉娃。男人这边抱起小男孩，让他坐在自己肩头。么事？渴不渴？女人远远摇着水壶。有。男人也拿起自己这边的水壶。女人复又蹲下。小男孩这边坐在管道上吃起了苹果。汉娃。汉娃。女人站在对面路口叫。又有么事？女人过到这边来。小男孩头上起着一层密密的小汗珠。你也不看看，热成这个样子也不晓得给他脱。女人给小男孩脱去罩衣下面的猩红色花棉袄。一头一眼的沙也不晓得看一下哈。说着，女人气呼呼把孩子抱过去了。

也有刮风下雨的时候。如果还只是蒙蒙细雨，女人顶多加戴个草帽继续蹲着撬，男人什么都不戴，依旧挖土方。孩子在篷里睡觉。篷里四面漏风，渐渐有雨水漫进来。等到雨水实在太大了，男人女人都跑回来躲雨，他也就醒了。天落雨咯。莫跑。莫跑。他衣服还没穿好，就着光脚在床底下的湿地上跑。水穿堂而过，从篷的这头速速奔到那头，床底下的洗脸盆漂起，赶到门口才被抽烟的男人捉住。莫出去。树下有蛇，会咬人哦。你不听话。要咬你哦。小男孩立在篷的中央，脚伸出截水流，脚丫头浸得通红。

待帐篷外的樱花谢尽，女人这边转到另外一条街上去了，男人还在这边，非开挖式铺管机也开过来了。小男孩就放在女人这边，有时候也放在马路边上工厂的保安处。保安处的大门办公室有电视看，小男孩乖乖地坐在沙发上，手上拿着保安给的夹心饼干，眼睛只盯着动画片。汉娃。汉娃。你是爱你爸还是爱你妈啊？保安坐在门口问。都爱。汉娃。汉娃。你爸爸妈妈要生个小妹妹,你就是个老米壳,没得人心疼噢。小男孩转头看保安,半晌饼干也不吃,电视也不看,嘴巴撇下去,眼泪蹦出来。骗你的。骗你的。爸爸妈妈只爱你一个,打死妹妹,只爱你一个要得不?保安又拿饼干来哄。男人女人干完活来接小男孩,他在沙发上已经睡着了,手上往往还拿着半块没吃完的曲奇饼。保安跟男人女人说起来这问答,都笑得不行。渐渐连保安养的黑毛小狗都跟小男孩混熟了。小男孩走到哪里,小狗跟到哪里,但只限制在大门附近。厂门是电动式可伸缩门,大部分时间是关着的,唯有车进车出的时候才开。

这天保安打开大门,一辆装满运煤的卡车开进来。保安拿着登记表出来让司机登记。小男孩掐了一朵野蔷薇走出门,小狗跟在后面。保安正背着身让司机按照表格要求填写。他已经走到斑马线上了,过去拐个弯即是女人的所在。绿化带与斑马线垂直交接部分,立着工厂高大的厂牌,小男孩停在牌下,人还没有绿化带的常青树高。他回头看小狗,小狗也抬头看他,还摇起了尾巴。小男孩笑着抬头往前跑,刚过厂牌突然弹飞起来,在空中翻卷了几圈,落到了几米开外的马路中央。小狗被急速刹车的黑色轿车吓得往后退了几步,待看到静静趴着的小男孩,一路奔过去。小男孩整个儿贴在马路灰黑的路面上,脑壳像是摔破的瓜果,野蔷薇浮在红白混杂的液体之上。小狗低头在小男孩的身上嗅了嗅,叫了两声,又嗅了嗅,叫两声。抬头,轿车已经往着相反的方向开走了。

女人身体像是抽去了骨头，瘫软地堆在小男孩边上，又像是吃得过饱，不断打嗝。伸手推推小男孩的身子，身子直起又顷刻软下，一个嗝打上来。我没见到车子啊。我只听到狗叫。只听到狗叫。这边马路还没安摄像头啊。说了好多回了，都没来装。保安的声音夹在围观的人群中。警车也已过来。人群闪开一条道，法医要上前鉴定，待要翻起小男孩的身体。女人伸手推开。法医看看女人，又再次伸手。女人再推开。警察欲架起女人，女人像是软泥一般提不上来，只往下落，坐的那块一摊女人的尿渍。

男人跟工友一路追肇事轿车未果，回来时，女人不见了，孩子不见了，保安也不见了。现场拉起了黄色警戒线，警察沿着小男孩趴着的姿势用白色粉笔画了轮廓线。妈的，没追到。车子太多了，也搞不清是哪一辆。陪同男人开车的工友对着围上来的群众说。桂香去医院了。孩子脑壳子都摔破了。男人在警戒线里转，轮廓线里已经清理干净了，只露出马路本身的灰黑色。男人好像是肚子疼，一只手揪着胃部蹲下去，一只手在轮廓线上方的空气了拨了拨，又站起来转动两步，再次蹲下去拨拨。车流从马路两旁淌过去。

散步

其实开始,我做了一件好事。

晚八点的721路车上照旧挤得满满的。我的位置不错,靠窗,这个大热天的车子开动还能吹些风进来透透气。既然也要在工业城下车,看看钱包、手机都还在身上,我起身准备杀过丛丛热气喷涌的肉林,赶紧下车到厂里上夜班去。一看我要下车,那开始矗立在我四遭的人群暗暗压了过来。探头看去,一位看起来七十好几的老伯隔在人群外头,我打算就让他过来坐。过了工业城,还要过十来站才会大批地下人,这老伯还不知道要站多久呢。主意既定,我伸手插过肉林,想拍拍老伯的肩头,让他过来。手倒是伸过去了,一记狠狠的目光甩打过来。莫名其妙,瞪什么瞪?那站在老伯前头的女人还在瞪,我一看——我手臂正好碰到了她巨大的双峰。好比是不小心误闯女厕所,只好装作不见,继续仰头走出去一样。我就这样继续伸手去拍老伯,而那女人被下车的人群挤到了门边。老伯呢,也没坐上我的位子,边上的一个黄毛小青年嗖的一下趁我起身叫人的时候把位子占了。他奶奶的。

公交车的车门像是忍着好大一口浓痰的嘴唇,在工业城站停下时把我和一群从市区赶回来上夜班的男人女人都给吐了出来。看了看手机,现在是晚上八点十三分,九点钟到七厂上夜班,现在正好可以到宿舍去冲个凉,换件衣服。真是他妈的热球死人,太阳刚从工业城那个硕大的烟囱边上坠下去,把一天沉淀下来的热气全给砸了起来。公交车上不用提了,汗味儿熏死个人,一下车,也没有风,工业城八厂那边臭熏熏的药味儿又围剿了过来。从站台上下来往宿舍那边走,721路从身边开过去。嚯,那女人站在车门边上,眼睛遇到我时,一副看大色狼的眼色梭镖一样,正正好扎到我心上了。我气得真想撵着721路车上去,告诉她我他妈的对你根本没兴趣,你还以为自己是天仙呐!

赵秋霞电话不来,我没准儿还真冲过去了。"你到了?"她的声音在空气中像是不断盘绕的大朵棉花糖,甜甜的叫人好想去舔上一口。我哼了一声。"我也没办法,你今天来我这里也看到了,我爸妈不想我嫁到外地去。"我依旧哼了一声。"你走了后,我爸爸说了,我要是跟你再搅和到一起,他就跟我断绝父女关系。"我觉得口干,想去前头路口的福星副食店去买瓶可乐,顺带买包烟。"那你什么时候过来,把你东西拿走吧。

我们以前租的房子还没到期，东西还在那里。""你扔了吧，我不回去了。"那头的声音忽然哽咽起来，"对不起，我也没办法。"电话忽然就挂掉了。我拿着手机怔怔地站在大路中央，不知道为什么大脑嗡嗡地闹人，路灯的灯光煌煌到刺眼。再看手机，果然是挂掉了。

沿着工业城的林场路往高架桥那边去，远远就看见菜市场的白炽灯高烧，上完中班的人们骑着电动车、自行车攆去买菜。我们的电动车，从七厂的停车场冲出，汇入下班的洪流中，左行右绕直奔到菜市场。菜市场放眼望去，都是工业城土黄色厂服在晃动。我手中拎着菜，她在跟菜贩子讨价还价。南瓜昨天还是三块，今天怎么涨到了三块五？老板，这鱼有没有小一点的？你们给我一把小葱呗，谢谢！她回头把买好的菜塞到我手中，又噌噌噌杀到面食摊上，租房里的面条昨天就吃光了。丝瓜、茄子、扁豆，比早上能便宜个五毛钱呢。还有猪屁股肉，整整比早上便宜一块钱，虽说不新鲜了，可是也不赖啊。她的手环绕着我的身子，菜堆满了踏板，路灯一路照亮我们回家的路。

林场路边的意杨林，在夜风中哗哗地来回摆动，好似每一片叶子都在扇打着一张不存在的脸蛋。耳光响亮。赵秋霞的爸爸手掌啪地扫过我脸颊的时候，我只看到赵秋霞从座位上站起时那瞪大的双眼。而我的眼睛里，菜市场模糊了，路灯也模糊了，它酸胀得厉害。手机的屏幕显示出 8:57，可是我还上什么晚班？不是一个地方的结婚会死啊？没钱我挣够钱做个生意不就行了吗？我哪点看起来是个骗子，骗了你女儿赵秋霞什么？烟呢？只有一个空烟盒在口袋里，还得去福星副食店里买一盒。

林场路往前走，过了高架桥，就是新建路，菜市场就在路的右边，对面福星副食店，吴老三、赵全德换成早班就来店里搓麻将，快活得很啊。真不想上晚班！七厂那大厂房里，冷压机、热压机、旋切机，全都轰隆隆地开着，大半夜里眼睛胶着睁不开也不行，得提防着一不留神把手给机器切断咯。这样的事情又不是第一次，上回刘伟的手断了，不是连几千块钱都没赔么。可是。可是白班上完一回租房，赵秋霞再也不在了，东西东一摊西一摊的，一个晚上简直没法子待。本来是跟着他们也去福星店里搓搓麻将，手气背，把一个月的工资都给输光了，肉疼！赵秋霞要是知道了，还不得啐死我！

红灯停，绿灯行。高架桥上装木材、煤块的货车一辆接一辆从头上开过。9:05，要不要去上晚班？还是给组长打个电话请假？晚班旷工，一晚上可是要扣两百块钱的！站在新建路路口，我迟疑了半响。唉，还是去福星买包烟再决定。路灯把前面行人的影子拖到我的眼前，我脚撵着踩影子的头部。那影子挪到路灯近处，缩成一球，离远了，那影子又抻着抻着到了我脚下，盖住我的脚背。我退后一点，又轻蹦上前踩。那头怕疼似的，又缩回去了。我乐得笑出声来，觉得自己好幼稚。赵秋霞就是这样说我的，说这叫顶头犯案，恶习不改。想想觉得对不住走在我前头的人。

　　我抬头去看那人，是个女人。福星副食店马上要到了，买包红双喜，看有没有方便面，吃一碗再说，赵秋霞他爸妈连饭都不管，什么人！我准备快步走过去，还是上晚班得了，晚上回宿舍又能做什么呢？主意既定，我脚步也轻快起来，先把前头那女人超过去再说。嚯，我快，那女人也快。她还把斜挎着的挂包夹得紧紧的，头微微侧着往后看。她在看谁？我扫了扫四周，新建路上没几辆车，菜市场已经走过去了，四周稀稀拉拉的是散步的人，在小广场上有几个跳舞的老太婆。蹦叉叉。蹦叉叉。离女人最近的就剩下我了。我又故意慢了下来，女人也相应轻松了一点，步子依然是急急的，可是没有刚才那种紧绷的紧张感了。真是的，当我什么人呢！我哼哼地干笑了几声，转身到福星副食店那里。

　　向副食店的老板要了一盒白沙，转身看麻将桌上果然是那几个家伙，打得正酣。赵全德见我，又低头看看腕上的手表，"都九点二十了，你怎么还不去上晚班啊？"我撕开烟盒包装膜，掀开烟盖子拿出两支，一支扔给赵德全，一支自己抽上："不舒服，懒得上了！"赵德全往牌座上扔了个二条，抓牌的时候又斜睨了我一眼，"跟人打架了？左边脸上怎么是肿的？"我吐出一口烟往外走，赵德全的声音跟过来："喂，谁敢欺负你告诉我们几个，我们丰县人不是这么好惹的，知道不？"我挥挥手，几步又到了新建路的马路牙上。八厂暖臭的药味顺着风压过来，我呸呸地往路上吐了几口痰。在八厂上工的人迟早要得癌症死！那简直他妈一地狱，八个蒸煮缸沸沸腾腾吐着黑色的水泡，湿臭的水雾遮天蔽地，里面的工人就是大冬天的也个个光着膀子，人一出来眼睛珠子都是黄的。赵秋霞说那里工资高。呸呸呸，工资高，玩命的事情我才不干！赵秋霞说难怪你靠不住，什么都缩头缩脑的，叫我怎么指望你？

烟真难抽，嗓子干得很，真该再买瓶矿泉水。想想回去又要碰到赵德全，还是算了吧。9:35，厂长的晚班例会应该开完了，点名单里我又是旷工。我就是不想上班，昨天的体彩中奖号码，我就错了一位数，他奶奶的，这要是中了还不得是五千块钱到手了。真是点儿背。既然不上晚班，还不如再去超市买体彩的地方看看，不知道现在下班没有。如果我中了五百万，我该怎么花？父母肯定是要给，一人一百万吧。两个弟弟，两个妹妹，每个人五十万吧。好了，那剩下的两百万呢？赵秋霞掐我耳朵问，我呢？我呢？你呀，先成为我老婆再说啊。我们在新建路上开个大超市，你看着每天工业城的人流量有多大？你就看店，我去盘货，再把你组里几个姐妹招过来，我们给她们工资开得高高的，你看可以吧？也不能太高，一百万也不多，这房租啊，水电费啊，员工工资啊，哪哪不要钱的？要不你弟弟妹妹那五十万先别给吧，我们赚了钱了再给也是一样的。赵秋霞算得精。五百万。五百万的老板。五百万的老板娘。

手机响了好长时间我才反应过来，忙忙接了。是赵厂长的声音。"你怎么回事？第二次旷工了！你还想不想上班了？你再旷工，就别来了！"我喏喏地解释着自己发烧去不了。那边声音缓和下来，说你既然生病了就该请假晓得不，厂里个个要像你这样还不得倒闭了？你不知道现在生产任务有多重！挂了电话，看着路上一瓶空的可乐瓶子就踩上去。你拽什么拽，赵大亮！不就是一个厂长，你怎么不念我是你老乡！赵秋霞说你要好好跟赵大亮搞好关系。你看看你几个老乡都升上了线长、组长了，你嘴巴甜点儿死不了人的。我就看不惯他那嗯瑟样儿，不就是香港大老板给你每个厂长配了辆车子么，也就几万块钱的便宜货，有必要天天开来开去地炫耀吗？我呸。

9:45，电子路，往前走是兴宝桥，桥下的沟渠淌送工业城排出的污水直至运河，肥厚的臭气压过头顶，逼得人快快地逃过去。过了桥，是兴宝路，高架桥从这里开始左拐，工业城到这里也停止了扩张的脚步，路边大块地都空闲着，长满了荒草，听说了年底要开工盖起楼盘来，不知是真是假。反正赵秋霞是相信的，她一笔笔算怎么攒钱买下一套房子。首付好多，一个月还贷好多，剩下生活费好多，都在本子上一五一十地列出来。可是我们为什么不回我老家盖一栋大楼房，要盖多大盖多大！赵秋霞抬眼瞟了我一眼，把本子扔到地上。我才不要去你们老家，我全家都在这里，我爸我妈都在这里！可是这里房价太高了，我们要还多少年贷款才能买得起一套房子呢？赵秋霞又瞟我一眼，扭头去看墙。你还是个男人吗？

早知道还是买瓶矿泉水，嘴巴的确是干得很。脸上赵秋霞老爸打过的地方吃夜风一撩火辣辣地生疼。10:13，此时七厂机器轰鸣，板材经过旋切、裁切、漂洗、染色、冷压、热压，直至做成成套地板、家具。一个个穿着土黄色的人肉机器随着流水线做着熟极而流畅的翻动动作，一千次，一万次，一晚上，两晚上，没有尽头，没有变化，没有希望。汽笛声从运河那边颠簸过来，传到耳边近似一阵微茫的哭腔。

路上的车流减少，沿着荒草堆直至运河边，都黑茫茫的，唯有边缘处镶着几粒灯火。而我也该回转到宿舍了。721路从身边开过，这该是末班车了，车厢里空荡荡地只坐了两个人。我突然想起那个女人的眼神，心里像吃了一只苍蝇似的，那种不舒服的眼神又好似甩打了过来。为什么？我又不是坏人！她们都什么心理啊，我哪点像个坏人？像个骗子？就因为我穿得穷酸？就因为我一脸倒霉模样？你看看，你看看，又是这样。走在前面的女人，她又神经质地快走，一个破包夹得紧紧的。好吧，这个女人转到去电子厂的岔口了。有男人过来接她。那女人站在男人边上，扭头看我，嘀咕了几句，男人狠狠的目光也抽打了过来。我就是散步。散步懂不懂？两条腿一前一后，手上没有刀子，身上没有枪，不仅没有枪，也没有钱，没有媳妇，工作也快没有了，就只是散步。那对男女开着车进了电子厂。

　　我果真像个坏人？像个抢劫犯？强奸犯？先抢劫再强奸？女人。哼。女人。赵秋霞你对不起有什么用？你爸爸说我是个骗子，你为什么不说话？他妈的烟真难抽。我可以做个好老公，给你做饭洗衣服，给你端洗脚水，我能对你千样好万样好，只要你做我的老婆。早该买瓶水的，嗓子干得鬼挠似的。你现实了是吧，你老爸要给找个有钱的男人是吧，所以你要离开我。现实的女人。哼。见钱眼开的女人。又一个女人从岔路那边走上兴宝路，往兴庆路走去。她一路走一路侧脸微瞟过来，我的影子抻着抻着，撞到她的后背。她手抬起，摸摸头，又到包里掏了掏，捞出手机，作势要打电话的模样。我的脚步重重地下踩。你们这些神经病一样的女人！你都视我为坏人是吧？你怎么不打手机了？你怕什么？你还故意装着镇定的样子，脸又在微微侧着想看过来。兴庆路上更是静得出奇，沿路都是要开发成楼盘的荒地。只有我。只有你。你有种像721那个贱人扭头来看我啊。

　　我突然煞住了，站在兴庆路的中央。赵秋霞来过这里，当时她指着这一块荒地，说房子要在这里买，离工业城远一点，污染也不严重，学校什么的都很近。那时候她在荒草地里走，我在后面跟着。她指着楼盘的平面模型图指着要买的楼层。如果哪一天中了五百万呢？我们买三套！一套给你家，一套给我家，一套我们自己用。风在草丛间回绕，沙沙沙过来，像是磨砂纸搓着脸，被打的那脸涌出一阵生疼来。那女人扭头来看，我一声大吼："滚！"她浑身一抖，扭头撒腿就跑。我看着她一路奔跑，越来越小。她今晚肯定会吓得睡不着觉吧？哼哼。而我已经走这么远了，还需要多长时间才能走回去呢？

烟

　　起初谁也不信，外三层里三层砌成人墙，后来的人只能听到一阵阵惊呼声哗地从墙里满溢出来，更叫人想亲眼看看。每当工业城来一批新工人，下班无事，无处消遣，老员工就带着他们出了工业城的东门，沿着马路走上个两分钟，过一个菜市场，就到了福星副食店。走在路上的时候，老员工熟极而流畅地告诉他们这样的奇事，他们尽管客气着表示有意思，脸上的怀疑神情却是老员工熟之又熟的。每一波人带他们去，总是这样。不过，自己当初被以前的老员工带过去的时候，不也是打死也不信么。然后，他们到了副食店，看到了。

　　说是副食店，其实更应该说是麻将馆。店面宽敞，一个门面带两个房间，卖各种副食的玻璃橱柜缩在进门的右边一小块，偌大的空间倒是给四座全自动麻将桌给添实了。打打小牌的就在外面，要动静大的，两个房间里请。外面里面，每桌收的费用自然不同，房间里到了饭点自然有店老板端上好肉好菜伺候着，外面的则是每人一桶方便面打发一下即可，反正大家图的就是个玩，不在乎这个的。工业城的上班是两班倒，上夜班的工人白天睡饱了醒来就过来搓上一通，上白班的则是晚上来。因此副食店就没有空人的时候，烟雾蓬蓬无时无刻地往门外涌去。

此时，一拨子生面孔闯进来，前面的老面孔冲着老板点头。老板坐在柜台上笑笑，收起账本，往房间的方向喊。王国良，你出来。牌桌上的人跟着起哄。小神仙，出场了。出场了。房门乍开，淡蓝色的烟气先行奔出，牵出一个小人来，个子只到成人的腰间，上身穿着圆领插肩长袖T恤，下身两只裤腿上卡通狗兀自瞪着大眼睛，然而他的脸却是老成的苍黄色，与整个人不相称。烟就栽在他的嘴上，吸溜吸溜烟身很快成了灰，快烧到烟屁股的当口，老员工扔过来了一支黄鹤楼，他麻利地接上，就着上一支点上了，烟虽然抽着，却不见烟气出来，鼓鼓地含在嘴里，片刻后噗噗吐出烟圈来，一个赛一个的圆。老员工一副怎么样怎么样的神情往那群新人的脸上扫。新人来不及回应这目光，整体呆掉了。

喔，店老板的儿子王国良八岁，烟龄六年。回去的路上，老员工兴兴头头地说。你们看他那吸烟的架势，知道不是我吹的吧。人家两岁的时候刚学会走路，就在麻将桌里头钻来钻去，捡人们丢剩下的东西吃。人家扔下没吸完的烟头，他也拿起来抽。一抽大家都瞧见了，觉得好玩。就真有人拿烟给他点上，让他吸着玩。他们家里人怎么不管管？新人中有人突然插进来一句。老员工顿住了，斜睨地看了问话人一眼。管。还打。一看他抽，店老板就过去打。一打，就有打牌的人起来劝阻，说你这孩子妈死得早，你还这么打，不是虐待吗？店老板到底是心疼孩子，就由着他去。想着小孩子抽抽玩，玩够也就厌了。谁知就上瘾了。每餐吃饭前要抽一支，饭后要抽一支，睡觉前也要抽一支，不给抽就哭，就闹。一给他烟，他立马就安静了，吃饭睡觉也不折腾了。店老板忙前忙后，只要孩子不闹，也顾不上其他的了。

新人成旧人，旧人又带新人去。王国良年长了三岁，个子依旧不长，矮且瘦，手指夹烟的地方黄黄的，嘴唇耷拉下来，烟屁股钉在嘴角。表演项目依旧，除开吐烟圈，还能让烟气从两个耳朵里出来。本来被送去上学，上不了两天，学校老师找上门来，说这个孩子这么小，就在学校抽烟，像什么话！店老板低头哈腰，说一定要管教管教，说着请老师进去坐。老师却不坐，连连捂着鼻子往后退。一阵烟浪拍打过来，把人逼到路上去。远远地，王国良在烟雾中，有人扔过来一支，稳稳地被他接住栽到嘴上去。他回头看着老师，老师也看着他。店老板被叫回去，有人要来买东西。老师骇然地逃走了。

第二次，却是校长来，拖着王国良冲到店里去。店老板照例迎过来，校长却是抽烟的，此时烟递上了却分外来气。你这孩子怎么回事？年纪小小的，就在课堂上抽起烟了。老师不让抽，没收了烟，他还大哭大闹的，非要老师还。是不是啊，王国良？王国良只到校长鼓胀起来的腰腹那里高，脸部所有的部位都往下坠，正好被高领毛衣托着，恹恹的毫无精气神。是不是啊，王国良？校长又问。王国良只是不答，好似睡着了。校长去推。王国良一下子倒在地上，校长吓了一跳，想着自己也没有用多大力气。待要去扶，店老板早就过去把王国良抱起了。对不起啊。店老板回头对校长歉然地苦笑，说着点好了一支烟，自己深吸了一口，往王国良脸上喷去。王国良动弹了一下，店老板立马把烟塞到他嘴上。真对不起啊。店老板又转头对着目瞪口呆的校长道歉。

王国良从此不去上学，就窝在家里玩。店老板出外买菜进货，他也能在店里独当一面。个子只高出玻璃橱柜一头，账却算得精。谁人买了一瓶矿泉水没给钱，谁人失手把店里的茶杯摔碎了，等店老板回来他都一一告知。牌桌上也少不了他，哪个要是突然内急，他就上去补上，总能帮那个人和上几把，牌技没话说。嘴巴也甜。进来打牌的这个张叔，那个李爷，叫起来亲亲热热——嗓子倒是哑掉了，非得拼着劲儿喊。

等他终于长高了一个个头，他却让人怀疑他的年龄。看起来是这样一个少年的身躯，脸却老相。气色闷闷，皮肤黄中不见血色，眼睑处还有细微的皱纹，倒像是中年人的神情。没有人见过烟离开过他的嘴，仿佛永远长在那里，一小圈光亮往嘴唇那里推，推，推一截烟尸。烟雾不再强力地吸纳到嘴里，而是懒懒地在嘴外蓬松绽开，整个人就罩在里面。别人来找他寻话，也要躲开一段距离，那开口之时，烂掉的牙龈处一股子腐臭的气味扑面而来。人是长大了，店老板却不让他再算账了，他老是算错。也无人来让他替班，他老是把不该出的牌打出去，害得人家出冤枉钱。他只好坐在门口晒太阳，烟浪一波一波打过来，他整个身子都给吞了进去。

工业城的工人换了几茬，牌桌上的人也换了好几代。店老板找到了新的媳妇，又生了个小子。店老板却不让小儿子在店里，另外买了房子让媳妇带着住去。他依旧和王国良守着这个店。王国良的身子干瘦，风吹起来，裤腿鼓荡荡的，像是倒插的两面刀旗。难得见他走动，他就靠在玻璃橱柜的藤椅上瞌睡。店老板忙不过来的时候，让他帮忙端茶送菜给客人。他也是磨磨蹭蹭地起身，拖鞋哧哧地蹭着地面，手上端着个茶杯也觉得分外吃力似的，总在抖。一次把茶抖泼到客人头上了。客人不干了，起身拿手推他。他一下子矮了下去，挫着身子堆在地上。扶他，他又咧嘴笑，口涎亮晶晶淌了一下巴。

工业城的大火幸好发现及时，总算给扑灭了。损失却是不小的，不仅厂房要重建，人也伤了好些。这是大事。店里的人也不慌着开战，各自坐在座位上聊厂里起火的原因。说得口渴了，回头叫王国良添茶过来，却不见人。倒是店老板出来忙着补上茶水。王国良呢？人们问。店老板摇头。昨天叫他出去交话费的，就没见他回来。别是走丢了哟，他现在傻乎乎的。店老板也踟蹰起来。

大火虽灭，工业城那边烧毁后的飞尘却乌泱泱压过来。店老板忙着关门，却看见路上搓搓搓磨过来了熟悉的身影。王国良一身灰一头黑地进来。店老板正待要骂，却嘎住了。王国良的嘴上没了烟，像是一个老太婆一样瘪了下去。眼睛深陷在黑黑的灰尘下面，只有眼珠子那一点亮，把店老板镇住了。店老板似乎明白了，他绕过玻璃橱柜，迎面又是椅子，又要绕过，又是桌子，王国良咧嘴笑起来。发火了。发火了。嚯。嚯。嚯。王国良双手往上抬，身子都快要蹦起来了。发火了。发火了。那些打牌的人一阵哄笑。他真傻了。店老板歉然地向各位客人点头，回头抓着王国良的手往外走。发火了。发火了。嚯。嚯。嚯。

福星副食店成了烟茶酒超市，这是工业城的人没有想到的。搬家的时候店老板带着老婆和小儿子坐在车头。床垫、衣柜、鞋架都堆在车厢里头，最占地方的是那些麻将桌，一溜在车上摆开，上面坐着王国良。下班的洪流从工业城的大门向外奔泻，眼尖的人见到他们的搬家车停下来打招呼。店老板隔着玻璃向他们点头回应。王国良，来一根。车下的人一喊。店老板打开车窗探出身，拼命摇手。不。不。不能。然而王国良已经抓住了那支烟，握在手里看。你抽啊，没火机啊，给。火机无人接，落到地上来了。抬头看去，王国良已经把那支烟一节一节地吃进去，嚼着嚼着向那人咧嘴一笑。车子开动了。

锄头

我和妻子终于找到这样便宜的租房（它在荒废的工业城里昔日职工宿舍的顶楼），星期天我们就搬过来了。隔壁也来租房的是个热情的女孩，她说自己已经住了半年了。在帮我们清理房间的同时，也捎带告诉我们这里晚上八点就会停水，所以要趁早买个桶来贮备，过道的顶灯也是坏的，你们晚上回来最好带个手电筒，另外也不要在那个长满荒草的广场上走，小心有蜈蚣和蛇，上次就有下班的女孩被咬到了。说完这些，她指指窗外对面的楼顶，你们最最要当心的是那儿。顺着她指的地方看去，对面那栋楼的楼顶正好与我们的窗口持平。看到没，楼顶有个屋子，那儿住了一个怪老头。我沿着楼顶往下看，那栋楼六层高，每层看下去，都是窗户玻璃破碎，墙面跟我们这栋一样石灰剥落。看起来这栋楼没人住啊。女孩帮妻子整理衣柜。工厂都搬走了呀，这栋楼听说马上要拆掉了。妻子也起身看。那这老头子怎么不走呢?我也不知道,我来的时候他就住在楼顶了。反正你们小心就是了,隔得这么近。

谢过了邻居,也收拾清爽了,泡杯热茶,一起坐在窗边歇息。小屋顶多十来平方,兀自戳在楼顶的中央,屋后立着油毡布裹起的水泵,屋前居然搭起了葡萄架。你看呐,那有块菜园。果然是,就在水泵斜对面的方角处,两面就着水泥矮墙,两面用砖头垒起小半米高的围堰,中间填土。你看呐,两排豇豆架,架下是蕗菜。妻子开心地起身探头想看个仔细。喏喏喏,这边是茄子,那边是辣椒。哈哈,我全都认得哎。我们以后不用去买菜了,直接到那里去偷。正说着,屋子里走出一位精瘦的老者,后面跟着一只狗。你去偷啊,你去偷啊,喏喏,那狗狗正在看你哦。妻子捂嘴笑,拳头也毫不惜力地捶过来。

搬来才几天,我们的肉体整个儿浸泡在松泡的暑气中,从头顶、腋窝、脚底蒸腾出一股熏鼻的汗味和臭味。开窗放风,阳光硬生生地砍断了风的触角,工业城围墙外面的运河漫漫刺眼金光。吊扇吱嘎吱嘎吃力地摇着微弱的细风,丝毫不顶用。我们都羡慕起了对面楼顶的阿伯。放一只藤椅在葡萄架下,喝喝大碗茶,摇摇大蒲扇,阿伯就这样躺在婆娑绿叶下。我也要去躺着。妻子把当着扇子摇的书扔到床上。喏喏,狗狗又在看着你哦。傍晚天边起了火烧云,葡萄紫,荼蘼红,鹅头黄,楼顶的菜园枝枝叶叶在微风中摩挲。看呐,阿伯在洗澡哦。妻子一喊,狗狗又看过来。妻子已经不怕了,向狗狗举起拳头示威。阿伯光着膀子，穿着大裤衩，就着打开的水泵开关，细细地用凉水冲擦。狗狗躺在被水濡润的地面，肚子一起一伏。阿伯把毛巾蘸满水，趁着狗狗看我们的当儿，一下子甩过去，水珠子洒了狗狗一头。狗狗立马站起来甩头。阿伯又甩过来，狗狗慌着左躲右闪。妻子这边笑岔了气。

到了该做晚饭的时候，因为还没来得及买烧饭的工具，只能吃着从小饭店买来的盒饭，就着白开水将就吃着。我要吃阿伯的啊，我要吃阿伯的啊。阿伯的煤炉放在葡萄架下，清炒苦瓜，丝瓜蛋汤，绿豆粥，哪一样妻子看了都叫着想要。那你去啊，喏喏喏，狗狗又在看你哦。吃罢饭，洗好碗。阿伯又拿出藤椅躺下来，狗狗安静地躺在身边。偶尔从运河那边传来汽笛声，狗狗会机警地爬起四处张看。反正无事，看着他们成了我们的消遣。你说人都要吃喝拉撒，阿伯吃喝解决了，那拉撒怎么办？兴许屋里有抽水马桶？怎么可能，这栋楼都没人住了，要有能用的马桶才怪。那也好解决啊，小的可以找个角落解决啊。那大的呢？大的，额，大的？

大的也好解决。过几天，我们就知道答案了。那一日清晨，我们就被一阵粪臭熏醒了，那气味仿佛洪水破坝一般从对面楼顶滔滔冲到我们的房间里来。死老头，又来了。隔壁的女孩骂了一声，砰砰关窗户的声音。我也迅即掩上窗子，拉上窗帘。气味依旧不依不饶地从窗缝里钻进来，有力地挠着我们的鼻子、喉咙和胃部。由于空间闭塞，臭味在房间四处集结盘旋，反倒更厉害了。妻子捏着鼻子，打开窗。阿伯正在用装满屎尿的木马桶给菜园泼洒。阿伯。阿伯。你不要泼粪了。好不好？阿伯还未回话，狗狗冲过来，隔着栏杆狂吠，样子十分凶狠。妻子又关上窗，气吁吁地生闷气。实在是臭得不行，我们下楼跑到运河边散步到好晚才回来。

得了肥力，菜园确实长势喜人。远看去，都能见满架的豇豆垂挂，苦瓜、葫芦各自开着小黄花和小白花，架间的菌菜换成了空心菜。喊妻子来看，妻子还为着上回的泼粪怄气不肯过来。我们自己买了电磁炉，从菜市场买来些茄子、黄瓜、瓠子，总是不新鲜，吃起来也寡味。妻子又忍不住看看对面。我想吃阿伯那新鲜的黄瓜啊，还有西红柿，还有卷心菜。说着突然开窗。阿伯。阿伯。狗狗又冲过来叫。阿伯从菜园那边慢慢过来，站到了栏杆边。我。我。我能不能买你的黄瓜啊？阿伯木着脸，转身回去。什么人嘛。不卖就不卖，谁稀罕，还不理人！妻子气呼呼地关窗坐下生闷气。大约过了五分钟，忽听窗子被什么在敲着。一看是阿伯拿着锄头伸过来，锄头上面挂着装了四根新鲜黄瓜的塑料袋。妻子一时发愣。这是给我们的吗？阿伯点头。妻子解开袋口，边拿黄瓜边让我快去拿钱。阿伯。你等等哈，我们给钱，五块钱够不够？阿伯摇头。啊，那七块钱呢？阿伯收回锄头，摇头，转身。那究竟要几块嘛？阿伯这回头也不回，摇摇手。

妻子总也放心不下，钱揣在怀里，阿伯也没来要。我从水果铺买来了西瓜，借用隔壁女孩的冰箱镇了一下午。妻子把西瓜切好块。阿伯。阿伯。阿伯又过来了。能不能把你的锄头递过来一下？阿伯又去拿锄头。妻子把西瓜块放在提袋里，待要挂到锄头上去，阿伯急忙要收回。妻子眼疾手快，抓住锄头柄。阿伯，你的黄瓜真好吃，你也尝尝我们的西瓜嘛。阿伯摇头。阿伯嫌弃我们的瓜没你的好吃咯。阿伯摇手，脸微微泛红。那阿伯尝尝嘛，不容分说妻子就把提袋挂上去了。喂喂，快看，阿伯在吃西瓜。过一会儿。阿伯西瓜吃完了。又过一会儿。阿伯好聪明啊，西瓜皮也能做菜！这回我也好奇了，趴过来看。只见阿伯把西瓜的硬皮刨去，只留下嫩的部分，切片，再从菜园摘了辣椒，一起翻炒。嗯，一定很好吃哦。妻子转身。我们也做。西瓜皮呢？西瓜皮呢？早被你扔到楼下了。

现在只要窗户响三声，我们就知道是阿伯来送菜了。这天是紫茄，那天是丝瓜，过两天又是扁豆。我们要给钱，阿伯总是迅即收回锄头，转身走开。这回妻子拿着五十块钱，再也不让锄头收回。阿伯。吃了你这么多菜，我们都过意不去，这是个意思。阿伯手往我们这边做了送的动作，又收回摇手做了个不要的动作。那。妻子在房间看了看。那报纸要不要看。阿伯愣了一下，犹疑地看了看锄头。阿伯，你放心好了，报纸我们都看过了，反正放着也是浪费，你就拿着吧。阿伯终于点了点头，脸上有一种害羞的孩子气。妻子高兴得快要跳起。快快快，拿今天的报纸啊。妻子拿过我递来的报纸，塞到袋子里。阿伯，这几天的你都拿去吧。阿伯离开后，妻子兴奋地在屋子里蹦起来。

送菜与送报纸，成了我们和阿伯之间的默契了。连狗狗也跟我们默契起来。因为在楼顶，妻子给它取了个阿顶的名字。阿顶。阿顶。阿顶就会摇着尾巴跑过来。妻子把当天的报纸用皮筋系好，扔过去。阿顶叼起报纸，送到阿伯那里去。送完报纸，阿顶又会跑过来。阿顶，好棒哦。说罢妻子扔一块骨头过去。看呐。看呐。阿伯看得好认真。正面看完了看反面，反面看完了看中缝，连广告居然都要看！到了晚上，我们开灯看书。楼顶那边却是淹没于茫茫夜色中。阿伯那边没有灯。妻子坐在窗边长久看着。你说阿伯这个时候在干嘛？睡觉呗。这么早能睡着吗？没人跟他说话，要是突然生病了怎么办？我们一时间不知要说些什么。隐隐的豆花香从菜园那边飘来。

妻子这次不仅送报纸，也送收音机，老伯说什么也不肯收了。两人一个抓着锄头那头，一个抓住锄头这头，相互僵持着。僵持到最后，妻子突然撒手。你不要收音机，我就不要你的菜。阿伯锄头在空中停了一会儿，慢慢收回去了。妻子啪的一声关上窗户。倔老头，烦死了。妻子把收音机丢到床上，莫名地哭起来。人家不要，你别强求嘛。我上前安慰。他就是一个倔老头，倔老头。又听窗户响。不准开。不准开。妻子虽然这么说，我还是开了窗。这次锄头上挂着大塑料袋，里面不仅装着菜园采摘来的，还有腌制的酸菜、南瓜干、豆腐乳。妻子又好气又好笑。阿顶在阿伯边上，叫了两声。叫什么叫啊，没看见人哭啊。你给我这么多菜，我们哪里吃得完啊。锄头依然固执地伸着。好好好。烦死了。妻子接过袋子，又把收音机裹好挂上去。

你听呐。你听呐。听什么？广播的声音啊，阿伯在听收音机！仔细听去，从楼顶那边传来窸窸窣窣的广播声。阿伯在听《刘海砍樵》哦。哎呀，阿伯笨死了，怎么连调台都这么费劲，明天我得教教他。过两天，妻子这边在洗菜，看见阿伯。阿伯。阿伯。怎么没听见你的收音机响啊。阿伯扛着铁锹，停在原地。妻子再抬头看，阿伯脸已经通红，像个做错事的孩子。妻子忍住笑。是不是坏了呀？阿伯点点头。阿顶。阿顶。把阿伯的收音机拿过来。阿顶噌噌噌从屋子里叼出收音机，阿伯用锄头送过来。妻子倒腾半天也弄不出声音，扔给我。嗨，就是电池没电了嘛。阿伯。这是电池。阿伯红通着脸接过来。没电记得给我们说哦。阿伯连连点头。

转眼间南瓜好大一个地趴在菜园外角，韭菜割了一茬又一茬。阿伯蹲在豇豆架下拔草。忽听人声从楼顶传来。开窗看去，一个穿深蓝色制服的男人站在菜园边，他一边躲着狂吠的阿顶，一边也躲着阿伯从菜园扔出的杂草。你明天九点之前，务必搬走。我们马上就要拆掉这栋楼。听见没啊？听见没啊？阿顶，咬他！妻子锐声喊。阿顶扑过去，男人吓得往楼梯口跑。明天九点，务必搬走。阿顶，干得好，接着追。过一会儿，阿伯过来，锄头上挂着好大一袋。阿伯，今天干吗给这么多啊，你自己吃什么啊。阿伯笑了笑，锄头伸得更近一些了。阿伯，我们不要。妻子很坚决地摇头。阿伯你自己也要吃的。阿伯一直笑着，锄头固执地伸着。妻子推我。你跟阿伯说啊。你跟阿伯说啊。我们不要。我们不要。妻子眼睛隐隐有泪光。阿顶，让阿伯回去。阿顶看看我，又看看阿伯。阿顶，叫阿伯回去啊。妻子又叫。阿顶用头顶顶阿伯的裤脚。阿伯突然把锄头直接抵到我们的房间，松手转身。阿伯。阿伯。阿伯背着我们摇摇手。

怎么没听到录音机响？妻子在床上翻来覆去的睡不着。外面只有呼呼从运河吹来的风。可能是没电了吧。不对啊，电池是够的。那。那也可能是他太累了，睡觉了吧。嗯，有可能。妻子稍微平定了一会儿。那你说明天那人还会不会来？阿伯会不会被赶走？我沉默了半晌。既然这栋楼都已经搬空了，阿伯迟早是要走的吧。妻子坐起来。那怎么办？阿伯可能也有其他亲人啊，他可以。可以什么啊。阿伯一个人这样生活这么长时间能有什么亲人啊。就是有亲人，他这样生活习惯了也回不去啊。我们都一时无话。你听呐，你听呐。楼顶是不是有声音。细细碎碎，细细碎碎，却听不真具体是什么声音。睡吧。睡吧。可能是老鼠吧。

不仅昨天那人来了，一个拆迁队的人都来了，硕大的挖掘机铿铿碾过广场,才开到楼下,兜头被从楼顶的坠物砸中,粪便和尿液四溅。阿伯。好棒。妻子站在窗边鼓掌。下面的人捏着鼻子躲开。司机从车厢跑出来。妈的,你个老不死的。下面的人绕过粪便,待要冲上来。阿伯又往下面的楼梯口方向扔砖块。抬眼才知阿伯已经把菜园拆掉了,砖块都被阿伯搬到栏杆边。不仅豇豆架已拆,连葡萄架也拆掉了,露出光秃秃的房顶。下面的人再次躲开。砖块每扔一块妻子都叫一声好。眼看砖块扔完了,阿伯又抬起煤炉。阿伯,不要扔啊,还要做饭的啊。妻子急了。阿伯抬头笑了笑,果断地砸下去。

你快打电话报警啊,阿伯都快扔完了呀,快呀。你看,下面已经来警察了。那他们怎么不赶这帮人啊。你看看他们是站在那一边的。不好。他们上来了。楼顶多出了五六个壮汉。阿顶扑上去。只听吱的一声,阿顶被那群人中的一人一脚踢到边上去了。阿顶挣扎了半天也没有站起来。阿伯站在栏杆边上,手上只有几根豇豆架。老头子,你是找死啊。人群逼过来。赶紧滚蛋。阿伯一动也不动。有人进屋把阿伯的棉被、藤椅、饭碗都扔了出来。阿顶这回起来了,一瘸一瘸地撞过来。人群中又是一脚,一脚,再一脚,阿顶不动了。你们是强盗。你们不要脸。妻子高声喊着。人群向我们看来。阿伯也转身看我们。快快快。什么?锄头啊。妻子接过我递过来的锄头。阿伯。阿伯。接着呀。阿伯敛着手,对着妻子笑了笑,摇摇手。身体越过栏杆,栽了下去。

三个星期后,我们收到了搬离的通知。一番折腾,我们又在城中村重新找好了租房。工业城我们再也没有回去过,隔壁女孩告诉我们那里现在成了意大利式高档别墅群,听说卖得不错。

天光

醒醒。醒醒。王宝霞睁开眼睛,雪白的天光中影影绰绰透出一个男人来。这男人站在床边,低下身问:"你们宿舍是不是要修东西啊?"王宝霞把被子往胸口上面拢了拢,拎出一只手往宿舍天花板上指指:"灯泡坏了。"男人点点头,身子往宿舍中间走去,王宝霞这才放松下来。她不知道这男人是怎么进来的,也不知道自己睡了多长时间。一个侧身,骨头都疼,这次看来烧得不轻。男人拉出一把椅子,站在灯泡下方,从斜挎着的工具包里拿出新的换上,换好后跳下,走到门口按了一下开关,灯泡亮了。"还有坏的地方没有?"男人又问。王宝霞感觉自己的嗓子像被掐住了一样。"你怎么了?"男人走过来,看她的气色,"你这是发烧啊,脸都红成这样了。"王宝霞终于挤出一个字:"水。"男人低下身去拿床边的开水壶,晃了晃。"你等等哈,我去去就来。"说完转身离开了。

除了自己，其他三张床都是空的，满满的只有桌子下面的垃圾篓，里面盛着自己擤鼻涕时扔的手纸。阳光被窗棂切成六块，平铺在宿舍当中的空地上。两只麻雀在阳台上跳着，昨天洗的厂服还挂在外面没有收。王宝霞怀疑自己烧过头了，刚才的男人只是个幻象。扭头去看枕头边的手机，下午四点十三分。她想着自己烧了一整天，也没有人来关心自己一声，再加上一天都没有吃东西，浑身软软地没有力气，不禁觉得凄然。正乱想着，那男人又回来了，拎着刚才的开水壶，手上还多了一个药盒。他给王宝霞倒了刚从楼下打的开水，又从药盒里把药丸拿出来，让王宝霞吃药。王宝霞看着这个男人，莫名地鼻酸。喝完水，吃了药，男人站在床边问："要不要去打针啊？"王宝霞说没事，躺躺就好了。男人站了站，点点头说："那你好好保重，我走了。"王宝霞待要起身致谢，男人连连摆手，让她躺着别着凉了，说着开门走了。

王宝霞躺在床上，刚才喝了水，又吃了药，觉得身上开始有汗发出，精神上轻快了些。这个男人要是不来，自己还不知道会怎样呢。这个电工，其实平常也常能碰到，厂长叫他赵工，全名想了想，对，赵建刚。王宝霞上工的七厂缝补班，时不时叉车坏了，运送带坏了，都是派他过来修。这个人话不多，矮矮的，瘦瘦的，还微微秃头，平时过来修理机械电器时，谁也不会抬起头多看一眼的。但人不可貌相，他虽是电力组的一个修理工，可毕竟比普通工人高一级。高一级，有高一级的待遇和工资，比如说他们可以有单休，早上八点上班，晚上八点下班，中午还能在二食堂吃上好饭好菜。不像自己，早班得七点半就开工，直到晚上八点收工；如果是晚班呢，则是晚上八点开工，清早八点才能收工。钱都是靠加班挣来的。就是加班，一小时也才十块钱呢。可赵建刚不用如此，他这里修修，那里看看，四处能走动走动，背着工具包，像是乡下的赤脚医生。从涂胶班，到刨切班，再到仓库，哪里电器坏了都要找他。他是个能手。

毕竟是退烧药起了作用，发了一通汗，去澡堂痛痛快快洗了个澡，浑身又清爽了。在寝室歇不住，王宝霞又去接着上晚班。晚班上完，正好是早上八点整，王宝霞走出厂门，外面清冽的空气与厂里的空气区别过大，竟忍不住打了好几个喷嚏。虽然身子乏得挨床就能睡着，此时却是清醒的，便顺脚拐到平日最爱走的一条贴运河而建的柳荫小道上。三四月间，柳树初发芽，厂房房顶上风浮浮地压过青草。虽然混杂着厂区的药味、粉尘，然而空气竟是渐渐清新起来。她一路慢走，贪着这一口好空气。走过机房的时候，远远看见赵建刚坐在里面翻着书看。王宝霞探过头去，赵建刚见是她，把书放下。王宝霞问这是看什么书呢？赵建刚把书递给她看。向——巴——菲——特——学——投——资。王宝霞一个字一个字地念，说你还真高级，投资书也能看进去了。赵建刚说不敢不敢，忙把书放在一堆电工维护的书籍当中。虽然机房里乱乱地散放着各种修理工具，他的办公桌倒是很整齐。赵建刚问她发烧可好些了，王宝霞说多谢那天你的药，现在精神着呢。两人说了几句，王宝霞就告辞回宿舍休息去了。

再次见面却是在食堂。永远不变的番茄炒鸡蛋、白菜炖粉条，一碗米饭。王宝霞不跟自己宿舍的三个女人吃。那三个女人都是几个孩子的妈了，年龄也大多了，唯有她是年轻的，二十出头，跟她们总是说不到一块去。倒是这些女人晚上打起呼来，你呼我应的，好不热闹。所以她总是要求上晚班，错过她们的打鼾，也错过她们毫无顾忌光着干瘪下垂的奶子在宿舍走来走去。菜照旧是冷的，番茄总有一股隔夜的馊味，粉条总是心儿发白发硬难以入口，饭也是糙的。她不介意这个，总归是要吃饭的。也不能出去吃，毕竟吃饭时间也就是半个小时，一超时是要扣十五块钱的。弟弟的学费还在等着呢。何况这饭菜又不花钱。她找着这么一个人的位置，慢慢嚼着白菜帮子。"这里有人坐吗？"她抬头看，是赵建刚。他手里拿着自带的饭盒，站在那里。王宝霞愣了片刻，忙说没有人的。赵建刚说："那我可以在这里坐吗？"王宝霞说："本来就没有人，你坐着就是了。"

赵建刚平时不在这里吃饭，他算是管理人员，平时该是在二食堂吃饭的，那里有空调，午餐还有水果和肉汤。赵建刚好像也知道她是这么想的，就说自己今天在这边修冷压机，太迟了就不回去吃饭了，说着打开自己的饭盒，里面一颗大狮子头、木耳炒鸡蛋,下面是雪白的米饭,尚有热朗朗的香气。赵建刚揭开,突然往王宝霞面前一推,说你尝尝。王宝霞连连摆手,"我已经有了,你就自己吃吧。""这是自己做的,你吃下看看。"赵建刚又把饭盒往王宝霞这边推了推。"你自己做的?"王宝霞有些不相信,眼前这个木木的男人还会做饭炒菜。她也的确吃够了食堂这些垃圾的饭食,何况眼前这狮子头是多诱人,米饭也是香香的,吃就吃一口呗。她挑了小小的一口吃,说味道不错。赵建刚那紧张的表情舒展了,又把饭盒往王宝霞这边推。王宝霞说这怎么行。两人推让之际,上班的铃声响了,食堂的人也走光了。赵建刚忽然起身,把饭盒合起来套在袋子里,往王宝霞怀里一送,说你晚上热热可以再吃的。还不等王宝霞推辞,他就火急火燎地跑远了。

饭盒是不锈钢的,洗洗就干净了,想来自己也是嘴馋,下午饿的时候就真的吃光了。那饭盒的底部瘪进去了一块,手沿着平整的底摸去,渐渐下凹,如抚摸一块伤口一样,叫人隐隐有些心疼。她的心事倒是让宿舍的王凤英看出了,说这是谁的饭盒,你都摸了八百回了。王宝霞红着脸说哪里有,赶紧把饭盒塞进了自己的包里,什么时候还给赵建刚。赵建刚倒是没有在食堂出现,大概他又在二食堂吃了吧,大概这边的电器没有坏到他赶不及吃饭的程度吧。他好像消失了。缝补班里几天都不见他的踪影。其实平日里他来得也不多,有时候也是半个月来一次,那时候倒不觉得有什么。现在却隐约觉得不同了,板材每日都是一样剔掉结疤和虫眼,流水线依旧无止无休地运转。一切正常如旧,仿佛永远不会出现差错,好像是厂房外一波一波的浪声。

可惜宿舍里不能做饭,不然也能做些菜放在饭盒里,总不能白吃人家的。在家里,爸妈去田里干活时,常是她做好了饭送过去的。炖南瓜粥,削皮的西瓜切成丝儿,合着辣椒炒,也是解暑的一盘好菜,再者那南瓜秧苗的头上一点嫩,也是好吃得紧。走在运河边,常见那野芹菜、野蘑菇的,总忍不住想掐上一把,带回去。这些都是奢望吧。能做饭的都是工业城那些住夫妻套房的。可是这饭盒总得还给人家,赵建刚既然不来缝补班,那就去找他。趁着换班,王宝霞拿着饭盒,里面放了从宿舍区门口的水果摊那里买的水果,梨子、苹果、香蕉都用水果刀切成块,配上牙签就能开吃了。去机房时,王宝霞莫名觉得自己的腿有点抖,脸也有些烧,压着头,生怕有熟人看见。不就是送个饭盒吗,有什么不好意思的。王宝霞觉得自己该是正正当当地、自自然然地过去。那如果见到他,又该怎么说呢?把饭盒放在他桌子上,就立马走人;还是跟他说上两句话,毕竟不跟人家打个招呼也是不好。可是如果遇到他的同事恰恰在那里怎么办呢?他们那些糙老爷儿们要是有个乱想的,自己怎么在这里待呢。运河的挖沙船,忽然"轰——"的一声响起汽笛声,把王宝霞吓了一跳。天光渐亮,阳光鲜嫩。四厂房顶的草在金光中闪闪发亮,看久了眼睛有点发黑。风倒是好的，清早的风还没有裹挟各种杂味，它纯而净，猛吸一口，直到心底，也是舒坦的。许是这深呼吸，王宝霞的心也平复下来，转眼这机房也到了。

赵建刚不在房子里，办公室都是空荡荡的。王宝霞在门口踟蹰片刻，轻轻叫了赵建刚的名字，声音在房间里软软地飞了片刻，就消融在虚无中。她有些失落，又有些如释重负。她走进来，又叫了几声赵建刚的名字，当然是无人应。她走到赵建刚的办公桌上，那本《巴菲特谈投资》的书摊放在桌上，他已经看到了第152页，上面用红笔画重点线，像是以前读书时那种用功的学生。桌子靠窗子的地方放着赵建刚的搪瓷茶缸，缸壁厚厚一层茶垢，叫人好想拿去狠狠刷一通。茶缸边上是一盒捏瘪的烟盒，红双喜的，五块钱一包，跟自己老爹抽一个牌子的，以前常帮忙买。隐隐听到房子有震动，听那轰轰的声音，该是运木材的大卡车。王宝霞觉得自己待得太久了，人要是看到了，不定说出什么话来。就匆匆把盒子放在了赵建刚的桌上，刚放下，又觉得不妥，还是放在抽屉里的好。打开那桌子的抽屉，里面螺母、铁钉、扳手，都油乎乎的。还是放在桌子上的好，把巴菲特的书按照原来摊开的样子，重新放在了盒子上。房子外面又有电动车的嘀嘀声，王宝霞看看放得还好，就从房子的后门跑出去了。

清明节那天，工业城放了一天假。宿舍的三位大妈都早早收拾好去市区逛街，也叫了王宝霞。王宝霞推说身体不舒服，自己一个人留在宿舍，在卫生间洗了一桶衣服。拎到阳台上去晒时，展眼一片绿意。宿舍楼前头是意杨林，春风徐徐吹拂，刚舒展开的叶片鲜嫩的绿色中还有些黄。而远山青青，在瓦蓝的天空下，让人心愈发舒畅。晾好衣服回到房间，从床底拉出自己的旅行箱，取出上个月从镇上买的衣服，粉色大蝴蝶结长袖衫，荷叶边裙摆紧身百搭长裤。穿戴好后，就着卫生间的镜子照。不错。跟那几个一脸褶子的老女人比起来，自己脸上一条皱纹都没有，气色红润，尤其是眼皮慢慢从单眼皮长成双眼皮，这倒不失为一个意外的惊喜。对着镜子转了两圈，看看旋动的小裙摆，伸着腰肢扭了扭，自己倒觉得害臊起来。坐在房间里，地拖过了，衣服也洗了，下面该干些什么呢？市区一个人去逛，也没意思，再说还要花钱。

她起身下楼，出了西门，沿着林场路，穿高架桥，到新建路的菜市场那里买了几个西红柿，就着鱼摊的水龙头冲了冲，沿着兴庆路一路走一路吃。小阳春天儿，一路走身上微微发汗。西红柿还没熟透，吃起来还有点酸酸的。正在吃着，听到有人喊着自己的名字。才要转身看去，那喊的人已经到了边上。赵建刚骑着电动车，停了下来问她要到哪里去，可以带她。王宝霞赶紧从袋子拿出西红柿来，让赵建刚吃。赵建刚也不客气，才咬一口，西红柿汁儿飙了出来，喷了王宝霞一脸。赵建刚见状慌忙要找纸张，电动车没有刹稳，人都差点摔了一跤。等赵建刚稳住车子，王宝霞已经自己拿着纸把脸擦干净了。赵建刚的脸腾地红起来，低着头说对不起。王宝霞眼见着面前这个大男人，竟像个犯了错误的男孩似的，忍不住有点心疼起来，这样想想自己倒忍不住笑出声。见王宝霞笑了，赵建刚轻松了一点，问她如果没事的话，不如去爬爬山。这样的好天气，不爬山倒是怪可惜的。王宝霞抬眼看了看沿着兴庆路一路下去，就是早上晒衣服时看到的远山了。刚来工业城的时候就想去，一来无伴，二来一直拘在车间不得自由，就没有去成。再看看四周也没有什么人，就上了赵建刚的车子。

不是爬山，倒是走山。木栈道从山脚沿着山腰一路盘绕到山的那头。车轮在木条拼成的道上走，"空空咚咚"的声音在耳朵里跳。风也比平地上大了好些，一径从山头那边压过来，拍在头上，鬓角的头发也给撩乱了，用手抚了又抚，终究还是不安分。赵建刚话也不多，王宝霞又是个害怕冷场的人，不断找话说。问他多大啊，哪里人啊，家里有没有兄弟姐妹啊。问一句，赵建刚答一句。三十二岁，盐城人，家里有一个弟弟一个妹妹。答完了，又没有话说。倒是风吹茅草的曬曬声在沉默的空洞中。走到山腰一个亭子那里，王宝霞说累了，赵建刚把车子在栈道边沿停好。两人上到亭子间，眼界顿时开阔起来。顺着山坡下去千杆万杆竹随着风向俯下又直起，再下去的山谷是白墙黑瓦的村落，鸡鸣狗吠，碎碎地随风吹送到耳畔来。这边正看着，那边赵建刚已经把亭子间里前任游客留下的果皮纸屑都收拾干净了，竹椅上也已经铺好了废报纸。王宝霞坐上去，赵建刚自己找了个离她不远的地方也坐下。

王宝霞靠在竹栏上，眯着眼睛，眼角却觑着赵建刚。他今天穿着茄色夹克衫，牛仔裤，裤脚起毛了，不知道是买来就这样，还是真的有质量问题，鞋子却是白崭崭的。"鞋子是新买的吗？"王宝霞问。赵建刚把脚往里收，好像不小心把秘密泄露了出来："今天刚在超市买的，原来的鞋子脱帮了。"王宝霞又问多少钱，赵建刚竖出三根手指。"三百！"王宝霞露出吃惊的表情："这么贵哦。"赵建刚把脚往里收得更多了。王宝霞见他如此，倒觉得自己话说重了，口气又柔下来："你鞋子什么坏了，我可以给你修修，还能省下不少钱。"赵建刚点头。又问他那天饭盒里的水果可吃了，没吃就坏了。赵建刚说都让老郑老李他们抢去吃光了，自己怎么拦都没拦住。王宝霞一听，来气了，想想自己辛辛苦苦切好的水果，倒是给了不相干的人吃了！赵建刚也真是的，不能说一下那些人啊。又转念一想，赵建刚跟自己难道就是相干的人吗？再说这也看出赵建刚是个老实人，让他去说这些话，想必也是难的。王宝霞不言语了半晌，赵建刚抬起头说："你等一下，我去去就来。"说着也没等王宝霞反应过来就下去了。王宝霞想他可能是尿急吧，又听到他开动电动车的声音。

人既然走了，王宝霞自己一个人在亭里也无意思，站起来放眼望去，在山下一片平地的建筑群中找工业城。远方在一片淡淡的薄雾中，窄小的运河蜿蜒在平原上，碧绿的稻田，树林之间的村落，都寂寂地存在着。工业城那里也好找，烟囱林立的地方就是，蓝色的房顶，像是一小块凝固的海浪。王宝霞此刻忽然很想去看海，蔚蓝色大海在阳光下澎湃，在沙滩上晒着太阳浴，这些在电视中看到的场景很是惹人遐想。正想着，赵建刚上来了，手里拎着一袋子油桃，袋子还滴着水。赵建刚把桃子放在两人的座位中间。王宝霞想着这人真有意思，还会想到去山下买桃子。桃皮滑脆，果肉微酸，一小口一小口吃的时候，王宝霞想起那阵子发烧时赵建刚就是如此默默把事情干了，不像车间里那些小年轻没干多少事情，就嚷嚷着累，叫人没法说他们。赵建刚依旧把脚收得紧紧的，拿着一枚桃子两口三口就见核了，吃完往山坡上一扔，兴许明年那里就长出一棵像家里的桃树来。

　　回来的路上，到了兴庆路，王宝霞坚持要下来走，并让赵建刚自己开车回去。赵建刚说什么都不同意，说这离工业城还有段距离，干脆直接带她回去。王宝霞脸色因着爬完山，还是红彤彤的，细汗从额头渗出，手掌心腻腻的是桃汁。她心里恨着这个男人不懂她的本意，又不好去挑明了。走到去电子厂的岔路口，只推说自己要到电子厂有事，让赵建刚自己先走。赵建刚这才犹疑地离开了。王宝霞往着岔口那边走到围墙边，确定不会暴露自己，才探头去看。赵建刚到高架桥那边，转弯往福星副食店那边去了，是去买烟？还是去打麻将了？心里竟隐隐有些失落。围墙上的爬山虎，摩挲着脸颊，墙缝间的青苔冰冰的，有一股子湿气。电子厂还没有放假，嗡嗡的机器运转声在耳际震荡。赵建刚的车身又重新出现自己的眼界里，原来没有去搓麻将，王宝霞又怪自己多心了，反倒是觉得这样欠了赵建刚什么。坐在他车子后头的时候，看见他的衬衣口子第二粒扣子掉了，有机会的话还是帮他缝上去吧。

上铺的女人在"咯咯咯"地磨牙，一翻身床板咔嚓咔嚓响，哪一天要是不小心，床板断了，那我该压成肉饼了。王宝霞把被子掖得更紧些，虽是春阳天，夜风从窗户缝隙里戳过来，依旧凉透。虽努力了好长时间，依旧难以入眠，只好睁眼。宿舍天花板中央掉下的灯泡，从马路那边押过来的路灯灯光辉映下，孤零零地如老家菜园里豇豆架子上悬挂的小瓠子。赵建刚从宿舍中间的桌上下拉出铁脚椅子，嘎啦嘎啦的擦地声好像还在耳边回旋。他站在椅子上，捏住坏掉的灯泡，拧下来，再换上新的。也不知道为什么记得这么清楚，那时候该是烧得不清醒了才对。高架桥那边无休无止的车响，一波一波荡漾过来，听久了好像自己躺在海面上，一起一伏，一起一伏。赵建刚让自己搂着他的腰，这样开车才不至于被摔下来。毕竟不好，就手握紧车身沿儿，他的身子蓬蓬散发着干燥的气味，没有具体的味道，干干净净的。怎么往后退让，都能碰到他的腰际，一起一伏，轻轻撞着自己的身子。躲也不是，不躲也不是，为难中竟有微微的小快乐。

鸡鸣在工业城这样的地方响起，着实奇怪，平日里也从未听见过。王宝霞从微薄的睡意中又一次醒来，鸡啼声又起，亮亮地在无穷的夜色中抛起，像是一朵升空的烟花，开过即灭。此时，老妈应该起床了，就着尿桶撒了一泡痛痛快快的尿，就开了厢房门，脚搓搓搓地往灶房走。而我也该赶紧起床了，昨天一家人洗澡完后的衣服还在桶里，该拿到池塘里洗去。自打出来打工回家，老妈就让自己睡个懒觉，饭她来弄，衣服她来洗。她只消在被窝里，等着饭菜熟了才起床。毕竟，现在她是一家人的主力，弟弟的大学学费全靠她了，而老妈老爸只能在田地里苦抠那几个辛苦钱。王宝霞眼前忽然跳出那双白球鞋，赵建刚虽然收得紧紧的，依然能看到左边鞋子的鞋帮那条线车歪了，线头也没有剪利索。哎，真的不值三百块，男人都不知道怎么买东西的。夜色开始如海潮一般渐渐退去，天光一点点铺开，窗外的意杨斜切过窗棂的一角，枝丫间露出远处的烟囱。一只肥胖的喜鹊扑啦扑啦跳到窗台上。

春色最足的还是运河边的杨柳，一溜儿看去绿雾一般，四厂停车棚外面的桃花也红艳艳地开了一树，而野蔷薇沿着围墙一路下去如瀑布一般倾泻各色花球，香气扑鼻。野蔷薇长满小刺的枝头那一截最嫩，王宝霞最爱顺手掐下来剥了皮吃，味道苦苦中有点新鲜的甘甜。空气渐暖渐热，外衣一开工就有些穿不住了，脱下来单就着长袖衬衣又有些凉。脱脱穿穿之际，又感冒了，脑袋昏沉沉的，又不愿意请假，只得在流水线上硬挺着翻转木皮，修补做记号。偶见赵建刚过来，远远的一个小点，在厂房的那一端修理照明设备，也没有精神去理会。轮班又到了自己是晚班了，眼睛重重地像是被人痛打了两拳，眼睑充血得厉害。厂房的天花上悬挂着五十盏白炽灯，雪白灯光像是下刀子一样直直地扎下来。忽然间，雪刀子一下子都收缴给黑暗了。厂房陷入了夜色中，上晚班的人哄地叫嚷起来。厂长的声音从嗡嗡的声音中抽拔出来，"刘伟，快去叫赵工！我们这边断电了！"立马有人应声出去了。马路上的灯光从厂房上方的大玻璃窗流进来，人们在各自的位置闲闲地等着赵建刚。赵建刚。王宝霞心里念着这个名字，大家都在跟她一样念着这个名字。他现在应该是在那机房吧，又或许不上晚班，早睡觉了。竟然能听到从运河那边传来的汽笛声，还有一粒一粒虫子的振翅声。眼睛在没有亮光的时候是舒服的，厂房的墙壁是一棱一棱地往两边排去，直到大门口，赵建刚出现了。

厂长、副厂长、组长的手电筒铺成光的地毯，赵建刚随之一路走过去。站在两边流水线上的工人都目送英雄一般看着这位光与电的护理工。他没有穿厂服，而是白色短袖衫，显然是从男工宿舍一路跑过来的。王宝霞看他走过自己的身边时，隔着流水线，莫名地有点紧张。她的手肚子在木皮上摩挲，抬眼间，赵建刚已经去到了电闸那里。手电筒的光笼着这个人，他从工具包里掏出各式各样的修理工具，检查一番又回头问厂长问题，最后确定问题出在厂房上面的电线上。升降机开过来了，赵建刚站在上面，手握着铁栏杆。每升一点，手电筒的光往上爬一点，所有人都仰头看着赵建刚。升降机升到一半时，忽然卡住了，接着上下抖动了两下，赵建刚本能地往台子的中间退蹲下去。王宝霞"啊"的一声脱口而出，夹杂在众人的惊叫声中，升降机又往上升。王宝霞埋下头不看了，手指肚在木皮上划来划去，泪珠子一颗一颗砸在拇指盖上；耳朵里捕捉着"往左边来一点""再高一点""再往前来一点"的声音，升降机吱嘎嘎移动的声音分外惊人。忽然眼睛被强制性地打开了，一阵生疼。王宝霞抬头看去，雪白的灯光从屋顶倾泻成瀑，众人仰头鼓掌欢呼，赵建刚站在升降机上一点点落下，一刹那间像是从天而降的救世主。王宝霞也跟着鼓起掌来，眼睛又一次酸痛湿润起来，只得硬硬仰着。流水线嗡地流转起来，厂长带着赵建刚往大门那边走去。又一次走过时，王宝霞抬头间，赵建刚迎面一个雪亮的微笑，她又压低头去翻木皮。这次是皮鞋，磕磕地擦过地面，一步步远去了。而他的短袖衫肩头和背面，都叫汗水浸透了，那电线上经年的沉灰落了他一头一脸，不知现在还有没有开水打，洗个澡总是要的。

下了晚班后，王宝霞的身子沉得跟石头一样，在厂区门口买了个煎饼，一路走一路吃。经过男工宿舍楼下，她抬眼看第三层第四个窗口伸出的晾衣架，赵建刚的白色短袖衫并没有晾晒在外面。兴许赵建刚晚上弄得太累，衣服懒得洗了。可是这样的热天脏衣服沤在盆子里是要臭的。王宝霞正在想着，背后有叫她的声音，扭头看去，赵建刚骑在电动车上看着她。王宝霞脸腾地红了，好像自己在偷窃现场被主人逮住了。她手中的饼拿着也不是，扔掉也不是，饼里的馓子微微地碎掉。"下晚班了？"赵建刚笑盈盈地问。虽然把头压下，眼睛的余角依然能看到他身上竖一道横一道黑印的白色短袖衫，看来是忙了一宿。王宝霞把手中的饼塞到垃圾桶，又去拍手，又去包里找纸巾，又去跺跺脚上的馓子沫儿。好半天，赵建刚还在那里看着她。王宝霞觉得自己的嗓子又干又痒，只得清清："你，你还要上早班？""是啊，我回来换身衣服，就去上班。"王宝霞还没想好下一句怎么问，赵建刚立马就把回答丢过来了。王宝霞觉得身体像是着了火的房子，脸颊、颈脖、手掌，凡是裸露的地方都烧了起来，却没有一点水来救场。"你是不是不舒服啊？"赵建刚的问话远远地漾过来，抬头找去那人却离自己这么近，倒是吓了自己一跳。王宝霞往后退了一步，又生硬地扯着自己的脚往西门走去，"没事的，我该回去了。"赵建刚的车子蹭一下撵过来，王宝霞心里莫名有火气喷出，走得更急了。"我捎你去诊所看看吧。"王宝霞的眼睛环绕了周遭，下晚班的和上早班的都在骑车，土黄色的厂服像是飞蛾一样扑扇扑扇地舞动。"不要了！你快去上班吧！"王宝霞的口气自己都吓一跳，赵建刚的车子停下来。她的脚步是飘飘的，往宿舍的床上一倒，又慌忙起身，把房门锁上，咕噜咕噜喝了一缸子水又接着躺下了。

一觉醒来，天光熹微，不知是清晨还是黄昏。贴身的衣服都湿透了，身子清爽了好些，看来是退烧了。宿舍其他人都不知道去哪里了，晾晒在窗外的厂服一扑一扑地撞过来又被吸过去，起身的时候竟有些冷了。看看手机，晚七点，还是得赶紧下去打一桶开水上来洗澡，九点钟还要上晚班。洗完澡，换好厂服，走出宿舍楼，肚子空空地磨人，还是去菜市场那边的面食馆买点肉包子衬衬肚子。经过男工宿舍那边，远远地就看见那白色短袖衫挂在三楼第四个窗口的晾衣架上。王宝霞心里莫名乐了一下，又担心在这里碰到那个人，就急急奔过去了。想来也对不起赵建刚，人家也是好意，自己竟然吼他，心口如怀着磅砣一般，沉沉地压人。王宝霞拿刀子剃掉木皮的结疤，灯光把手指的影子抻得细长。昨晚他经过身边的时候，是不是笑了一下，想来也是恍惚的。而他的白色短袖衫上那黑污是清晰在目的。床底下的旅行箱，还有几件男士短袖衫，一件是绿黄两色格子，一件是天蓝色滚了白色镶边，都是在换季的时候便宜买下的，本来留着带回家给弟弟穿。要不——要不给赵建刚？刀子在木皮上错划了一道口子，对面的搭档喂喂了两声，王宝霞这才收神，忙换下一张。

去八厂拿木皮样品回来，王宝霞让自行车从通往马路对面缝补班的隧道一路冲下去，风鼓起她厂服的后摆，整个人像是一片帆，切入燠热的空气中。奔到隧道拐弯的地方，从路边的镜子里看到斜侧面也下来一辆车，王宝霞差点连车带人翻倒在地。赵建刚。他依旧骑着电动车从隧道那头下来，凸出的镜面像是把他吸过来一般，小小的扭曲的人身逐渐靠近镜子的凸点，脸一下子啪地大起来。王宝霞没有料到会在这里碰面，压着头，听到电动车车轮压过水泥地面的哧哧声，渐近又渐远。抬头看去，赵建刚已经到了刚才自己下来的隧道那头，再一个拐弯上去就不见了。王宝霞站在大镜子的立柱下，怔怔半晌。他难道没有看见我？怎么可能，我一个大活人，他总该向我打声招呼的啊。也许是他太忙，心里想着事情，才没看见我。也许总经理那边批评了他，他心里不开心。王宝霞车子懒得骑了，慢慢往这边隧道的坡上推。隧道的水泥墙壁蜿蜒着几线水流，深绿色的苔藓在墙角散发出湿冷的气味。车子沉重，何况车篮子里有一打木皮样品，更觉得难推。

半夜醒来的时候，王宝霞看见两件短袖衫还挂在阳台上，风一吹就左右摇摆，像是两个一起跳舞的人。轮到宿舍的老女人们上晚班，这才敢拿出来晒。虽说深夜，这样让男人的衣服在外面飘着也不大好看，王宝霞下床去阳台把衣服给取下来了。果然是化纤布料，没几个小时就干得透透的，还有点淡淡的洗衣粉的香味。风倒是柔柔的，月亮也好，清辉四溢，让人舍不得回到闷热的房间去。八厂那头的烟囱，吐出的白烟在清润的蓝天下倒像是家里烧饭的炊烟。短袖衫的下摆往手上一打一打，手背上痒痒的。已经洗过三次了，依旧不知道怎么给他。放在他办公室，那些老男人看到岂不要说话的？趁着他来修补班的时候偷偷塞给他，这也要不得，那么多的眼睛又不是摆设，何况厂长还是爱开玩笑的。要不在路上碰到了给他，这也许是不错的主意，可是怎么开口跟他说？王宝霞回到房间，把两件短袖衫叠好放在自己上班用的小包里，终归是有办法的，不就是送两件衣服么。

缝补班隔壁的涂胶班车间又坏了灯，王宝霞知道赵建刚必定要来。或许趁着他来的路上，把衣服给他。王宝霞对搭档说自己上个厕所去，拿起身边小包装着往厂子外面的女厕所走去。她慢慢地沿着运河边磨蹭着，心莫名地怦怦跳得耳朵疼，腿也在微微打颤。驳船从河中心驶过，一个女人在甲板上洗衣服，土狗站在船头左右巡视。迎春花沿着花坛一路纷披而下，朵朵小黄花连绵成一片金光。天气热烘烘地熏着身子，搭档说今天的气温一下猛升到三十五度，难怪这么热。感冒还未断根，昨晚又吃了冷风，步子又有点飘起来。果然能听到电动车开过来的声音，在自己的身后。王宝霞轻轻咳嗽了两下，左手把包顺到胸前，待要去拉开拉链去取衣服，想着又不好，还是等他过来。他应该会向我打招呼的吧，那时候顺势把衣服给他，就说自己弟弟的衣服用不上，给他让自己看着穿吧。这样想着，心里觉得有谱了。电动车嗖的一下从身边刷过来，身子不禁一哆嗦。赵建刚连同车子把王宝霞甩得老远。

他一定是故意的。王宝霞的手指在木皮上按着，手指甲挣得充血发红。搭档又喂了两声，王宝霞也不动。"你是不是不舒服啊？"搭档问道，"脸怎么这么白？"王宝霞莫名地火大：

"要你管!"搭档不言语,使劲把木皮从王宝霞的手下拉开,换上新的一张。他是可以看见我的,他从我身后开过去,路上当时又没有其他人,他一定是故意的。搭档又喂喂了两声:"你怎么回事啊?还要不要干活了?"王宝霞把木皮狠狠地往边上一翻,新的一张马上又到了手边。无休无止的流水线,手怎么也停不下来。他怎么不停下来?莫非是我哪里得罪过他?手疼了一下,又疼了一下,才反应过来是搭档在打自己的手。"你干吗啊?"搭档的口气也粗起来,"你不舒服快去休息,你不动你看看这边堆了多少!"王宝霞抬眼看手边,果然木皮乱乱地卡在自己这里,手又忙忙地动起来。热气从水泥地面、滚动的流水线、干燥的木皮、四周粉尘密布的空气四处包抄过来,真想把外套给脱了。也许是那一次冲他说话的口气太冲了,他生气了。可是,我不是故意的啊。"你不是故意的,怎么还这样!"搭档的声音打过来。王宝霞没想到自己说出了声,只得紧咬着自己的嘴唇。上衣的扣子也紧紧地掐着脖子,真想把它给解开。汗水从头发里涌出,眼睛胶得睁不开。空气好像是越来越稀薄。我不是故意的。"你就是故意的!"搭档又生生地应了一句。"不是跟你说话!"王宝霞一抬头,眼前的搭档被一阵白光穿透。

　　王宝霞睁开眼,发现自己躺在木板上,而木板扛在叉车伸出的两条铁臂上。她想起身,叉车司机大叫:"躺着!我送你去卫生所!"王宝霞只得又躺下了。天空响晴,一片云朵都没有。厂区的香樟树的枝枝杈杈间有鸟窝。她想自己是中暑了，衣服的拉链拉开了，扣子也解开了，脸上还泼着些水，一发干脸皮就有些发紧。热气从地面蒸腾上扬，叉车的铁臂经太阳一晒也是滚烫的。嗓子里还是干渴，连声音都发不出，像是被人狠狠掐着。她扭头看着前方的道路，水泥地粗粝的颗粒跳闪着白光。她有一种想吐的冲动，终究还是忍了下去。开过涂胶班那边的厂门时，她看见他的电动车停在一棵紫叶李树下。从门口看去，赵建刚又一次站在升降机上，天光从厂房的顶端玻璃流泻到他身上，连着他仰着的头、依旧穿着白色短袖衫的身子都在耀眼地发亮。赵建刚。王宝霞叫了一声，嗓子哑哑地出不了声。她把手伸到自己的腰间，小包没有带在身边，只有裤袋里的一张上班卡。"不要乱动！"司机吼了一声，王宝霞又老实地躺下了，双手紧揪住木板的两沿。叉车一路往卫生所开去。

　　插入玻璃瓶的输液管吐出一粒一粒心字形气泡，随之又破灭了。卫生所空调的冷气让王宝霞清净了好些。窗外空寂的广场，原先堆成山的木材全都运到一厂旋切去了，只有几只麻雀在水泥地上一跳一跳。远远地一厂厂门大开，车流涌出，第一批下班的人们现在可以去菜市场买菜，去澡堂洗澡去了。王宝霞远远看见赵建刚把车停在一厂门卫处，他的白色短袖衫此时已经脏得看不出原先的颜色来。可是这跟我又有什么关系呢？王宝霞扭头不再去看。卫生所的墙面上贴着穴位图，赤裸的男女体摊开在眼前，叫人看了怪害臊的。她又扭到靠窗这边来，门卫那里他的车子已经没有了。王宝霞感觉药液正在顺着血管渗入体内,太过冰凉。我要不要跟他解释一下?可是他跟我又有什么关系呢?我不是故意的?可他一个男人,这点气量都没有吗?王宝霞顿时火起,底气足了起来。他不理我,我何必去理他。真是的。

王宝霞把两件短袖衫重新塞到旅行包里,等七月份弟弟放暑假过来,正好可以给他穿。梅雨天一到,寝室的墙壁都渗出水来,阳台的低处积着一汪浅水。也不是雨,也不是雾,空气中悬浮着水的颗粒,衣服上、鞋子上都是潮乎乎的。打着伞去上班,伞尖碰到路边的香樟树,水滴扑簌簌地敲在伞面上,咚咚地响。路上碰到赵建刚,只消把伞一压低,遮住头脸,就可以不管不顾地走过去了。赵建刚依旧骑着电动车,嗖一下掠过去,并不曾停下来打一声招呼。就是打了招呼,我也是不理的。王宝霞靠着路沿儿跺着脚,泥巴真多,回去又要一顿好洗。

王宝霞把从市区百货商场买来的床单、席子、枕头放在腿上,前天弟弟打电话来说趁着已放暑假可以过来打打暑期工。梅雨季节一过,车窗开启,只见空气清冽的田野,稻田澎湃绿色谷穗,沟渠在这片冲积平原纵横,阳光泼了一路一路的村庄和小镇。车厢里的电视正放着巴厘岛的纪录片,蔚蓝的大海,金色的沙滩,白色的海鸥,海岸边有棕榈树,一棵两棵,热带的旖旎之风把干爽的白云吹得一朵一朵。王宝霞想起她还是小学生时，独坐在乡村的小屋做作业，抬头看墙上，贴着的画就是这幅海洋的风景。就是这样的，蔚蓝、金黄、洁白，一切明亮，好像天堂就在那里。那无数影视中所记录的大海之声，激活跳跃，盖过了公交车机箱轰轰的声音。

越往工业城这边去，房屋越少，行人也少。可以听到青蛙躲在水田里咕咕叫，微风窜过茅草的沙沙脆响，家庭小工厂机器轰鸣声。绿化带那边的行人道，一辆两辆电动车随着公交车一路前行，想必也是赶着去工业城上晚班的。王宝霞的眼睛好像疼了一下。赵建刚。是的，赵建刚的电动车。公交车的前视镜里是他开车的模样，蓬乱的头发，白色短袖衫，还有，他的笑容。像是那晚他冲着自己的那一笑，嘴巴微微一翘，露出上面的牙齿。王宝霞摇摇头，也免不得笑了一笑，好像他那笑冲着自己似的。公交车到了一站，照例停了下来。前视镜里的赵建刚越来越近，王宝霞身子动了动，坐正坐好。电动车滑过镜面，王宝霞头抵车窗，赵建刚不是一个人，他的电动车后面坐着一个长发女子。公交车又一次开动了，广播里播送着下一站的站名。

天光渐收，云朵由暖黄转成暗紫，远远的山峦薄成一片黑影。车子两旁高耸的路灯，同一时间齐齐绽放黄金花朵。公交车赶超了赵建刚的电动车，一路往工业城那边驶去。他，他的车子，他的女人，从前视镜里越缩越小。黄昏来临，压抑的热气，一下子蓬发，罩天罩地。王宝霞的手与脚，裸露在热气之中，却还是冰凉。月亮悄然升起，躲在田野的树林上方。运河那头有微茫的灯火。夏虫声，淅淅沥沥，好像在耳朵里下了一场豪雨。王宝霞定定地坐在位子上，从小包里掏出一个药盒，一粒，一粒，一粒，药丸抛出小小白亮弧线，落到马路中央，绿化带里，人行道上。这是赵建刚那天给她买的退烧药，没有吃完，后来就一直放在小包里。他的电动车或许会从这些药片上压过，碾碎，继续前行。只剩下一个空药盒，王宝霞往外扔的时候迟疑了一下，又拿进来，拧开瓶盖，吐了一口痰进去再拧紧。药盒落在行人道那边，一点声响都听不到。

那些人，那些事

追赶 / 馒头 / 明天没有鸡蛋吃 / 狗是土狗

我承认对你不够温柔 / 母亲过年时 / 如厕记 / 有车一族

再买一瓶去 / 小刺 / 不听话你就打 / 独此一声

柔软的距离 / 夏逝 / 与兄同车

追赶

父母从山里回到家中,他们要给我配一把家里大门的钥匙。那时候我要上中学,而他们已经在山里种了三年的地。有住在初中附近村庄的亲戚提出,可以让我过去借住。母亲准备好了一截红绳子,给我串好了钥匙,嘱咐我要是想家就回来看看,在亲戚家里要乖乖的,不能惹得人家不高兴。父亲在边上说:"不知道他回来会不会蹲在门口哭呢。"我把碗往桌子上一放:"我肯定不会哭的。"既然我能够九岁到十一岁一个人在家里独自生活,那我也能在别人的家中立足。可是,我心中还是想尖叫:为什么我总是一个人面对这一切?为什么我总是不能有一个完整安定的家?为什么我总是在等待在委曲求全?我像是一个被遗弃被不断转手的物体一样。

放暑假的时候,我就到父母种地的山里去。我们借住在山腰的一个小木屋里。某一天山下的村庄来人叫我父母去干活,报酬有五十块钱。我随着父母来到山下的小工厂,一辆装满粪肥的大卡车停在仓库门口。那人交代父母说:你们的任务就把这一卡车的粪肥挑到仓库里去,然后把车厢给洗刷干净。正是暑天,刚一掀开车厢上的盖子,粪肥的臭气仿佛轰隆一下无声地炸开,让人躲之不及。父母两人穿上雨靴,套上长袖,戴上口罩,母亲站在车厢上把粪肥铲到竹筐里,父亲用扁担两头担着竹筐来来回回。扁担压下去的声音吱吱嘎嘎的。我远远站在仓库的屋檐下,捂着鼻子,看着苍蝇兴奋地绕着母亲的身子,怎么赶都赶不走。

一个下午过去了,白炽的阳光渐渐退成焦红色,粪肥才挑完,车子也被母亲耐心地冲刷干净了。父母清洗一下手后,去工厂后面的办公室。叫父母来干活的那人捂嘴鼻子把二十块钱远远地扔过来,说:"这是给你们的。"那两张十元落到地上,父亲弯腰拾起的时候,那人火速地走到门外去,像是受不了那股粪肥的气味。母亲追到那人后面问:"不是说好五十块的吗?"那人急急地往自己的车子走着:"叫你们干个活儿,你们磨叽了一下午,给二十块钱就不错了。"说完,钻到车子里开走了。父母攥在车子后面,我攥在父母的背后。

那天晚上,父母难得去山下买了点猪肉。我本来是最爱吃的,常常是一个月才能吃上一回猪肉。可是那天我们坐在山腰小木屋的豆场上,小桌子上搁着母亲做的红烧肉,而我一点想吃的欲望都没有。我莫名地觉得委屈,妈妈把红烧肉夹到我碗里，我又把肉夹回去。父亲埋头吃饭，吃得很香，他的胡须上还沾有米粒。母亲不吃肉，就捡着眼前的青菜吃。我忽然眼睛里酸涩得厉害，遂扭头看远处笼罩在黄昏霞光中的群山和绿意葱葱的梯田。妈妈拍了拍我的手："你又怎么了？""没什么。没什么。"我用碗把脸遮住。

常在梦里我时常看着父母在一片白茫茫的雾中追赶一团黑影，他们好像在喊叫，可是声音却是哑着，只有我在尖叫，然而他们都听不见。醒来后，我依旧睡在学校的宿舍里，一个寝室的人都安详地睡着。我忽然觉得自己该是多余的，是累赘，是无用也无力的人。父母在那山里依旧种着十几亩的山地，而我却坐在教室里，什么都不用做。这突如其来的罪恶感笼罩着我。我记得在教室里上课，多日不见的父母渡江回来，在我的教室窗外静静地等着。外面冬天的冷风呼呼地吹着，母亲裹着果绿色的头巾，手里拿着一个装满开水的暖水壶，爸爸嘴里吸着劣质香烟，手中提着棉被和水果。我坐在里面，全身在抖，心中跳出一个念头：我不该来到这个世上，我害苦了他们。

我决定只保持最基本的温饱，只吃饭，不吃菜，米饭可以分两餐吃，冷了可以泡泡开水再吃。一种奇异的满足快感油然升起。坐在食堂的角落，饭缸里盛满米饭，有时候还能拿到一些食堂免费的番茄鸡蛋汤。有一次，我正在吃着。班上的一个女生突然出现在我的面前，她把一碗肉丝炒面搁在我饭缸边上。我吃惊地看着她。她没有坐下来,"你快吃吧!"说完,她就走开了。我一时间脑子中一片混乱。这是怎么回事?这是一碗冒着热气的炒面,那肉丝上还有着汪汪的油水。我的胃部一阵躁动,它释放出强烈想吃的欲望。可怎么可以?女生的好意我懂,她不忍心,我都懂。只是我吃不下,内心中有一股感动的热量,然而还掺杂着羞愧、难堪,还莫名有种受辱的感觉——我怎么会落到被人同情的地步?

仿佛是从一出生就被拘束在一个小箱子里,身手从来得不到舒展,一早就知道我不能随心所欲,我只能在各种不能各种妥协适应中生存。那我的父母呢,他们每半个月在家里种地,不种地还是要交各种捐税的,每半个月带着农具渡江去山里。最后一年,父母从梯田盘绕回到山腰的木屋里,赫然发现放在屋里的棉花都不见了——它们被山下的村民偷光了。这是家里一年的收入所在,一个上午就这样彻底消失了。无论是报案,还是各处打探,作为一个外地人,你在本地完全是无能为力的。

他们打理好包裹,收拾好农具,离开这个种了六年地的外乡。母亲坐在小屋的门口,她想起来的第一个晚上,正在吃着饭,忽然听到山下有小孩喊妈妈的声音,忍不住哭出来。爸爸还真的跑到山下去寻找,以为是我跟来了。现在他们终于要彻底离开这个不再安全的地方。这不就是我渴望的吗?多少年来,我希望的就是他们回来了,就不要再离开了。他们下山坐公交,去了轮渡渡口。母亲手中拿着的包裹一下子抓空,等待反应过来,偷东西的小贼已经跑到小巷那边消失了。父母又开始了他们徒劳的追赶。

馒头

第一个让我滚蛋的人是学校的班主任,前面的同学都一个个把一百元的饭费交给她,轮到我走过去,喏喏地说:"老师,我现在交不了,爸妈没回来。"她抬头横了我一眼,飞出一个字来:"滚!"我默默地退下。待全班都交完后,她走上讲台说:"没有交的同学,现在回去给我拿。"教室里只有我一个人站起,低着头出门往家里走。一路走一路发愁:就算我回去,我也没有钱交过来。爸妈在山里,爷爷肯定是不会给我钱的——他从来不会给任何一个孙子孙女钱的,其他的人我不好意思开口。路上车子来来往往,我想莫如我就这样被碾死好了。边想边抬脚往马路中央走去,远远地有人在喊我的名字,抬眼是回家已经拿好钱的隔壁班同学骑车赶过来。他把车子停在我身边,问我:"你哭了?"我不耐烦地又把脚收回来:"瞎说,眼睛疼。"

我坐在自家的石阶上，没有打开家门。村庄里的人都去田地里干活去了，隔壁家的豆场上晒着切好的萝卜干。我挪了过去，拿起一块尝，没有晒干，吃在嘴里还有一股萝卜水汁的甜辣味。想起来早饭还是没有吃的，这么一尝勾起了汹涌的饥饿感来。我的手又忍不住拿起一块，再一块，再一块。不能再多吃了，否则竹匾里缺失得太明显了。这种饥饿感像是一个得了焦虑症的老朋友，在我的胃里翻来覆去地寻找可以消化的东西，左也找找，右也翻翻，总是找不到，慢慢地这种焦虑感仿佛爬向身体的各个部位，生枝发芽，攫取最后一点能量。

它最早是在父母刚刚离开老家去外地种田时来的，每回离开的时候父亲都会给我两块钱，当零花钱用。可是有一次米缸里的米被我吃完了，我楼上楼下到各个缸里看有无面条、面粉、花生之类的，终究还是一无所获。我就喝了大量的井水，依旧不管饱，这时饥饿感就来了——打嗝，酸水涌到嘴里来，嘴巴里十分干涩。到了晚饭时间，我趴在阳台上，看着村庄里炊烟四起，各家的灶房都亮着灯，过了半晌母亲们尖声叫唤孩子回家吃饭。那米香肉香一弥漫，我的鼻子就分外灵敏，狠狠地捕捉每一缕飘过来的香气吸进去。我飘下阳台，想去二婶家里蹭饭，远远地看见她家的灯亮着，悄悄地爬上去偷看，她们一家子正围着桌子吃饭呢，桌上有五碗热腾腾的白米饭，菜有大白菜和四季豆，还有一碟子霉豆腐。想起二婶一直说我父母狠心把我一个人扔到家里，如果我去她家吃饭，又会给她以数落我父母的说辞，我还是忍住了。再回家找找，没准家里哪里还藏着面条呢。

夜里早早上床，我感觉胃里那个小人简直要闹翻了天，他的爪子在我胃囊上抓挠。我又去水缸舀出一勺子水来，咕噜咕噜撑得很胀，忽然之间没有撑住吐了出来。吐了半晌，因为没有任何进食，只有酸水呕出。吐完，人反倒轻松起来，仿佛踩在一朵棉花云上。我眼前浮现出一个金黄的馒头来，蓬蓬松松，香气扑鼻。跟父母一样逃到山里种地的本家伯伯在田里打农药的时候死在田里了，爸爸和其他几位伯伯把他的尸体抬了回来。妈妈带我去到本家伯伯山村里租的房子里，本家婶婶坐在停放尸体的门板边发抖，连哭声也没有。而我的鼻子却捕捉到那股诱人的香气，随着它我的眼睛穿过劝慰的人群直达敞开门的灶房，那锅边就放着热气朗朗的玉米馒头。妈妈这边陪着婶婶落泪，而我始终想走开，趁着人不注意，去拿起那个馒头。那该是很好吃的馒头，撕掉金色的皮，咬上一口，慢慢咀嚼，甜甜的暖暖的滋味。正想着，我发现自己不自觉地在咬自己的手背，也不觉得疼。

从隔壁家的豆场回到自己家门口，我的舌头依旧盘弄着一缕萝卜丝。家里灶房的小坛子里有母亲离开之前压好的酸菜，平日偶尔买买鱼可以炖着吃。红红的小火在小火炉里舔着锅底，鱼剁成块，煨在酸菜汤里，水汽蓬蓬地散开，我的口腔里饱饱地胀满了饭菜。现在，鱼当然是不会有的，父母也没有从外地回来，我是没法交这一百元钱的。没有这一百元钱做饭费，我在学校是吃不上饭的。我决定还是回校，吃不上饭可以喝水。到了的时候，刚好是中午下课的时间，随着同学去了食堂。同学们都端着自己的饭缸，勺子叮叮当当地敲着碗底，饭堂师傅拿着大铲子在锅里翻炒着包菜粉条。站在食堂的大门口，我才想起我跟过来是干什么？莫名地我有一股怒气，想找谁算账似的。难道我是要求着这些人借给我一点钱，给我一点吃剩的饭菜吗？退出食堂门口，眼睛瞥见垃圾桶里有同学吃剩不要的白馒头，浮在腌臜的泔水上，我牙齿一下收紧，吞下口水，脑袋空白。片刻后，我回过神，又匆匆跑开——我是怎么了？那是食堂师傅要拿去喂猪的。

明天没有鸡蛋吃

我家母鸡在世的时候,每日努力生蛋,不曾懈怠过一天,饶是如此,终究还是在某一个风高天黑的夜晚,被母亲给杀掉了。鉴于我是个菩萨心肠的好人,胆敢在白天拿起菜刀杀生,必将遭到我的严厉谴责。这是残忍的,也是不人道的。一花一草,一鸡一鱼,都是有生命的,你咔嚓一刀下去,那鸡还不要痛死?母亲喏喏地罢手,只选我睡着的时候动手。等她鸡杀好了,鸡毛也用开水烫着扒光了,天也亮了。一到天光照床头,那窗外卖米糕的总也不去,在我的窗前辗转反侧地喊着:"米甜粑嘞——米甜粑嘞——"直到母亲从厨房撵出来买了一块,嘴里骂着:"你这活贼,别喊了!"他才推着自行车一路笑嘻嘻地走开。此时,我也醒了。

"母鸡好不要脸,身子脱光光地在锅里洗澡。"母亲的玩笑话,也阻挡不了我的谴责。我脑海中浮现着这只母鸡在临死之前翅膀扑腾、双脚直蹬的惨状，她咯咯咯地喊着我的名字，让我前去解救，然而那时候我还在熟睡，万恶的母亲咔嚓一刀结果了她。她白白的眼球瞪着我，叫我眼泪快要流下来了。灶台下的柴火呼呼地烧着，砧板上备着大葱、生姜、白蒜，一会儿她就成为我们的盘中餐了。母亲此刻就是我的仇人！我想起当乞丐到我家来讨饭吃的时候，我端起家里刚蒸好的米饭送过去，被母亲坚决地拉住了，只把那剩饭打发了人家。我望着乞丐远去的身影，冲着母亲说道："我们有好米饭的！"母亲说我是个傻子。现在她又把魔爪伸向了我的母鸡，每日努力生蛋的母鸡，不曾懈怠过一天的母鸡，竟然就这样结束了自己一生悲惨的命运，想想真叫人难过！

我忍着一泡眼泪跑走，躲在自己的房间。母亲叫我去吃饭，我不理会；父亲又来敲门，我也不管。好了，他们依旧吃他们的饭，看他们的电视，好像无视我的存在似的。我简直要气炸了。我想象着自己狠狠踢开房门，冲到他们的面前，大吼大叫，数落他们的不是；或者是我突然发起了高烧，满脸通红，然后他们都过来，抚摸着我的头颅，这时候我要让他们知道是因为我很生气才这样的，他们理应对我更好才是；再或者是我收拾好行李，夜晚悄悄地离开家乡，不再联系他们，让他们在漫长的时间里哭泣后悔去吧。我想象离别之时，回望村庄的老屋，然后决绝地走向远方，这时候音乐响起，月光清朗，远处有我家母鸡咯咯咯的叫声。

此时，我成为自己的一名演员，活在自己想象的情境中，天光是打向我的灯光，周遭的人是我的群众演员，家人都在与我演着对手戏。每当我跟他们闹别扭之时，就遁入其中，排练新的戏码。我在现实中是一个乖乖的孩子，在那里我却是一个火光四射的人物。此刻，我仔细回想母鸡还是一只小鸡时，由母亲在鸡贩子那里千挑万选出来，和其他几只小鸡一起成了我家的成员。在我家二楼的阳台一只小筐子里，我给她们换小碟子里的水，给她们撒小米粒，她们有着黄绒绒的身子，细嫩嫩的声音。后来，在长大的过程中，其他的几只鸡要么被猫给咬死了，要么被隔壁村里天杀的调皮鬼偷去做下酒菜了，就只剩下这么一只独苗。

不，这还不够，还不够动情，我再细细回想着手摸着她日渐羽化的鸡翅，还有她第一次在猪圈的草窝里生下一颗鸡蛋的那种兴奋劲儿。好的，她终于成了一只对社会有用的鸡，一只懂得回报主人的鸡，一只勤勤恳恳任劳任怨的鸡——可是，她就这样被咔嚓一刀给剁了！我的心中默念着母鸡临死前的台词，她回望着这个黑暗的世界，想起她的一生，是无悔的一生，是充实的一生，是完全可以任她自行老去的一生。她不相信自己就这样匆忙地结束了自己的一生。她还没有准备好！她常去的柴垛、豆场、田野，都笼罩在浓浓的夜色中，而她却来不及告别。主人的手已经捏着她的头，刀刃已经贴在她的脖子上，此刻她才反应过来自己真的要死了。她的心中一下子慌乱起来。她蹬腿、扑打翅膀，她想呼救,或许平日喂她抚摸她的小主人能在关键时候刀下救她一命,她才出声,刀刃就果断地切进了她的呼吸道……

想到此我的心中升起愤怒之火——我要为她讨回一个公道!我砰地打开门,冲进灶房,母亲和父亲都坐在桌子上吃饭。我想象着自己立马冲了过去,抱起那盘鸡撒腿就跑,让他们喊去吧。我要为这只可怜的母鸡留一个全尸,好好地埋葬了她。然后一辈子,对,一辈子都不要理会残忍的大人。可是,父亲一声吼:"你磨叽什么,快吃饭!"我身上一哆嗦,总觉得不吃饭,父亲一巴掌要扇过来。那滋味可是不好受的。只好十分不情愿地拿起母亲早已盛好的米饭,望着桌子中央。不得了,咕咕叫的肚子,叫那浓酽的香气勾得食欲顿起,鸡头早叫父亲吃得只剩一堆碎骨,肥白的鸡腿叫母亲一筷子夹到了我的碗里。我是吃呢?还是不吃呢?我努力回想刚才在房间里培育出来的愤怒之气。可是,她已经死了呀!她也不知道疼了呀!如果不吃,剩下来了,该多浪费啊!浪费是最要不得的。所以吃一口又何妨呢?吃一口也是吃,那多吃一口又何妨呢?

母亲收拾饭桌的时候,指指我饭碗里堆成一座小山的鸡骨头,"你不是不吃吗?"我打了一个饱嗝,望望灶房外面邻居家的豆场上鸡群走来走去,那几只芦花鸡还跟我家的母鸡打过好几次架呢,可是,可是,我转头一声惨叫:"那我明天没有鸡蛋吃了!"

狗是土狗

狗是土狗,从来不是当宠物来养的。也不指望它看家护口,家里的铁锅被偷过几个,它就睡在灶房边上的柴垛下,也没见它吠叫过。它没名字,原来的主人我的叔叔没有赐予它名字。后来叔叔全家搬到外地去了,把它撇了下来。它自己跑到我家来。叔叔刚走的那阵子,我们在灶房里吃饭,它就蹲在门外,专心致志地看着我们吃,也不敢进来,尾巴耐心地摇动。偶有我们吃的骨头、鱼刺随手扔到了门外,它就雀跃地一跳,扑了过去接住,饿痨似的啃起来。母亲素来不喜猫狗,嫌脏嫌臭,这样一条老狗天天吃饭的点儿就过来守候,她看了也无办法,拿着一个不用的搪瓷碗搁在门外柴垛边,吃不了的剩菜剩饭搁到里头,算是它的饭食。就这样,它成了我们家的编外一员。

有太阳的时候,它沉默地窝在柴垛下面。母鸡在它身边踱来踱去扒拉土坷垃找虫子吃，偶有沙土溅落到它褐黄色的毛肚上，它也不恼，只管伏下头，仿佛是有好些心事。唯有母鸡奔到它的搪瓷碗边啄食，它才猛地起身，紧张地盯看。母鸡像是一群故意捣蛋的大婶，故意咯咯咯地围着搪瓷碗踱，每踱一步，头往前啄，右脚勾起又放下，嘴巴碰到碗沿当当响。它依旧没有过来，低下头又抬起头，大大的黑眼珠盯着。母鸡玩了一会儿，自觉无趣，又走开了，它复又趴下。母鸡是母亲眼中的红人，每一只每一天都能提供新鲜鸡蛋，它就是一个吃白饭的家伙，胆敢对母鸡怎样，是要遭母亲骂的。母亲也绝不允许它进屋。它只在柴垛周边的猪圈、粪窖活动，大概在狗的世界里，它已经十分老了，平日里只是默默地趴着。

电视里，那些狗儿各个聪明得不得了，会把主人扔的东西快速地叼回来，会汪汪汪做算术题，会给人作揖，看得一时兴起我也想自己的狗这样。走到屋外，我站到石阶上，向它招手："喂，过来！"它没有反应，我又喊了一声。它仰起头看，迟疑地起身。"听话，过来。"它略有踌躇地走来，尾巴摇起，眼睛觑着我，见我没有要打它的意思，步子更快了些。离我一米的地方，它停住了。我在石阶上蹲下，手伸出来想要去抚摸它，它略略后退。"过来！"它又慢慢地前进了一步。我要教习它各种技能，叼东西啦，作揖啦，溜滑板啦，可是它行不行呢？它终于走近了，我忽然瞥见它颈脖后的一圈癞痢，黄色的皮毛也特别地脏，心中顿感恶心："去去去，离我远点儿！"果然母亲是对的,它好脏!

母亲父亲每回从地里干完活回来,都能看到它从柴垛那边猛地起身,尾巴摇起来,可是无人理会。偶有我做完功课,心情尚好,就尝试训练它。"喂,看好了,我要扔了!"喊时我把手头的一个皮球扔了出去,它远远地看看我,又看看球,尾巴只管摇着,身子却纹丝不动,这可把我气坏了。"给我叼回来啦!"它懵懂地看着我,依旧只管摇着尾巴不动身子。"真笨!不跟你玩了!"我气闷地返身回房间。透过窗户,我看见它磨蹭到皮球那里,以为它要叼起来,可是它只是闻了闻,确定不能吃,又慢慢走了回去。"笨狗笨狗大笨狗!"

我对它产生的训练热情消失殆尽后,一次推着自行车去长江大堤上骑行,中途链条掉落,只好停下来修理,回头吓我一跳:它竟然跟在我的身后,虽然是远远的。我停下来,它也停了下来。我修好自行车,接着往前骑,时不时也回头看它是不是还在跟着。它果然还在,十分吃力地跟跑,跑跑停停大喘气,又接着跑。我本来打算骑慢一点,等它赶过来,谁知它依旧落后很远很远,只剩一个黄点在移动,后来它停住不跑了,立在那里看着我消失在大堤的拐弯处。一个小时后我返回时,快进村庄的路上,它突然从草丛中跳出,尾巴摇起,我莫名兴奋起来:"你行啊!"我故意骑得慢慢的,它在几米远的后头跟着。

母亲说这狗怎么越吃越少了,以往那盘子里常常是放了多少过一会儿去看,都是吃得光光的,现在却是放下多少基本上还是多少。它始终病恹恹地窝在柴垛下面,仿佛那次跟跑耗尽了它所有的精力似的。清晨起来,母亲在灶房煮饭,见我过来,说道:"你看那狗是不是发癫了?"我走出门来看,在柴垛下面,它果然不同于往日,仿佛尾巴上有什么让它不安的东西,它扭向臀部,不断地打转,嘴里有呜呜的声音。细细观察,原来在它肚子靠近尾巴的地方,有血渗下来。"这狗流血了!"我赶紧转身跟母亲说。母亲在烧火:"你快点收拾书本,去学校要迟到了!"吃饭的时候,几次到外面看看,它依旧呜呜地打转。"妈,它真的流血了。"母亲收拾着碗筷,淡淡地说:"没得办法,乡下哪里有人会治?"

从学校回来,柴垛里那里已经空了,母亲催着我帮她收拾楼上的棉花,马上要下雨了。天空隐隐地能听到雷声。问母亲狗的事情,母亲慌忙抓着棉花往竹篓里塞:"又是叫,又是打转,折腾一上午,转不动了,往地上一倒就死了。你爸把它扔到港里去了。"吃晚饭的当儿,雨倾盆而下,望着门外的搪瓷盘里,雨水灌满了,早上母亲倒的剩菜剩饭随着水满溢了出来。

我承认对你不够温柔

我承认我不够温柔，手段够狠够辣。毫无疑问，我是母亲这一帮派的，对付父亲向来是统一了战线，甩高了嗓门："这个不能吃——甜的！"然后，父亲刚从箱柜上偷下来的一个小橘子被我毫不留情地夺走了。他小心翼翼地赔着笑："这个不是甜的，可以吃嘛……"我斜睨着他自知理亏的脸，不吭一声地把那袋偷得差不多的橘子拿走了。一过年，他的血糖值一路飙升，在亲戚家吃饭的时候，他还说着自己是一点甜的都不带沾的，同样有着糖尿病史的大伯一句话顶了过来："你骗鬼去吧，不沾的话，你的血糖能这么高！"爸爸赶紧夹菜去了。

我承认我对他还有点唠叨。过年到城里哥哥家中去，父亲和母亲毕恭毕敬地坐在沙发上，不敢在光滑洁净的地板上挪脚，虽然是儿子的家，可是也生怕碰坏了那些杯子盘子，一个个好多钱呢。上卫生间，父亲走到里面，又红着脸出来，我就知道怎么回事了——他不会用马桶，尿都尿到坐垫上去了。我赶着把新的坐垫换上，让爸爸过来，说怎么冲马桶，怎么用手纸，他立在边上像个小学生似的。过马路的时候，车流刚稀疏些，他抬脚便走，吓得我赶紧拦住，说着红绿灯要看着。听着听着他又醒喉咙要吐痰，我喝止了他。这可不是乡间地头。

在乡间，我每天都在他的咳嗽声中醒来。他在屋子外面的茅厕蹲坑，一边蹲着一边抽着烟咳嗽。烟呢，吸溜吸溜没一分钟，就到尾巴了，再换上一支新的，贪得很。一贪就没日没夜，烟要抽，牌要打。往往吃过早饭，他就开溜。我这边在路上走，碰到这个叔叔那个婶婶的，总有人说哎呀你爸爸这回运气好，赢了个碰碰和——都知道我在找他。午饭和晚饭都吃过了，他就回来了。他进门的姿势可谓是偷，偷偷地晃进灶屋，偷偷地揭开大锅，偷偷地倒上开水泡碗饭吃。母亲以前还会说他都是病人了还这么不自重，现在也懒得说了，知道他听不进去。吃完饭，我这边正和母亲带着侄子们，他又偷偷地消失到村庄深处了。

我常常在村庄的各个角落找，母亲说你不要管了，他人就这样了，谁说了他也不听。我忽然想起腊月二十八到家的时候，是凌晨五点。刚从朋友的车里出来，屋子的大门就吱呀一声开了，穿着秋衣秋裤的父亲弓着身子站在那里。风吹削着他能看出骨架大概形状的身子，衣服哗啦啦地一点都贴不到肉上去。我毫不客气地撵着他赶紧进屋，他就乖乖地进去了，看到他重新钻进被窝，我自己才去打水洗漱休息。他身子萎缩得越发明显，走路拖沓，鼻毛长长，颧骨高耸，拿着遥控器坐在床上看电视，一会儿就仰着身子倒在床上睡着了，呼呼地打鼾。给他盖好毯子，他又懵懵懂懂地睁眼看我，嘴角嚅动，把流出来的口水抹掉。我又不客气地说："好好睡！"

他真不听话，半夜也不见他回家。夜里江风汹涌，哪怕是坐在床上，腿上裹着毛毯，手中握着暖手宝，再盖上两床厚墩墩的棉被，都冷得直流鼻涕，何况他还坐着打牌！我又火起。来来回回几趟，终于在一个大伯家找到他。那时他和牌友在空荡荡的堂屋打得正酣。我一过去，他赶紧收牌，"我儿子过来，我得回去了。"牌友们大呼不行不行，赢了钱还想跑！我忙着给各位大叔大婶赔笑脸，眼睛却一直瞪着他。夜里的村庄，一点灯火也没有，只听得巷口呼啸的风声。他在前面走，我在后面跟着。我小时候跟父母赌气深夜跑出来，就是躲到这些巷堂里的，那时候父亲会寻出来，大声呼叫着我的名字。现在，我们之间不说话，倒像是我押着他回牢房似的。他一路走一路吸着烟，那一点烟头的红圈在夜色中分外显眼。

龙年正好是他的本命年，六十大寿正好，我跟哥哥商量着等今年空闲的时候，带父亲来北京玩一趟，带他去看他心心念之的天安门、长城，还有他崇敬的毛主席。他听着，说这好，还有一件事情需要我们兄弟两个办了——给他拍张照片，做遗像用的。这个身体既然这样糟糕了，怕是哪一天突然就仰头过去了，那时候准备就来不及了。我又高声阻止他说下去，气兜兜地嚷着你说啥瞎话，六十岁才多大，大过年的说这个丧气话。他不言语，又抽起他两块五一包的劣质烟。

可是我们都明白父亲的身体真的不行了。他总是处于恍恍惚惚的状态，走的前一天晚上，他又在看电视的时候靠着墙睡着了。哥哥走进来，推推他："我们明天带你去医院看看，你血糖高得太离谱了。"他哦了一声又迷糊地闭上眼睛。我和哥哥对视一眼，再看着父亲身边的床头柜上放着各种药瓶子，有医院开的药，有我买的高钙片，有开包开始吃的，也有包装好好的还未动。他的鼾声不够劲儿，软软地抛起又落下。这当儿侄子们嬉闹着冲进厢房要看动画片，父亲被吵醒了，人也有了精神，顺着拿起侄子吃剩下扔到手边的雪饼开吃。我又凶狠狠地叫起来："不要吃，那是甜的！"

母亲过年时

母亲的起床声是窗外的鸡啼,我的起床声则是侄子们的呼唤。他们一个六岁,一个三岁,在我睡梦正酣之时,忽然锐声喊着:"奶奶——奶奶——"非要等待妈妈回应了方休。那时候,妈妈可能在灶房烧火,可能在楼上晾晒衣服,呼唤声一起,她立马就要扔下手头的活儿,一路小跑地撵到卧室去,晚了的话两个小鬼头又要一顿号哭的。她的一天就是这样开始的,催着两个侄子起床,给他们一个个把完尿,穿好衣服,又赶着去热菜。中间穿插着小侄子摔了一跤她要急忙去安抚,大侄子玩烟花炮她高声呵斥,水缸里的水溢出来她又赶过去关掉水龙头。

她的新年是这样地没有一刻空闲,她要完成整个大屋子每天的打扫,三餐的饭食,招待前来拜年的亲友,清洗每天家里因为在村庄泥地里走来走去变得脏兮兮的衣物。白天忙罢,晚上又要准备好全家的洗澡水，待到都洗好澡，她就着洗澡盆吭哧吭哧洗起衣服来。诸事忙毕，上床了，两个侄子一边一个，得哄着睡觉。小侄子晚上要起来把两次尿，否则尿床了又要洗床单的。哥哥因着岳父脑溢血，跟嫂子日日夜夜都在医院照顾着，连除夕夜都回不来。

往年的除夕夜，那时候还没有这两个小家伙，是我跟母亲一起在家里度过的。爸爸早早地借着上厕所的理由跑去打牌，哥哥也是哥们儿拉去搓麻将了。大屋子按照习俗，所有的灯都煌煌地亮着，母亲在房间备好糖果，我们就坐在一块看电视，闲闲地聊天。那是一整块与母亲相处的时光，可以任意地想着如何打发。我起意吃饺子，就一起到灶房去，我烧火，母亲下饺子；或是一起剥花生米，为做明日正月初一的丸子做好准备。屋子里的寒气，逼着身子都簌簌抖起来，好办，母亲用废弃的酒精瓶灌好滚烫的开水，我们就着那一个暖手。

今年的除夕却突然停电了。动画片才看到一半，整个儿屋子刹那间黑压压一片。侄子们又是锐声喊着奶奶。妈妈那时还在厨房里洗碗，听到叫声，一路摸着黑摸到堂屋，点起一条桌上的红烛。侄子们借着微弱的烛光，奔到妈妈身边。我跟他们一起坐在堂屋的长椅上。烛光跳闪，侄子们在堂屋当中玩耍，他们的影子在墙壁上忽而高大忽而矮小。见此，两个小鬼头望着墙上的影子来回跑动，一边比着谁的影子大，一边叫着奶奶评比。妈妈刚说大侄子的大时，小侄子就不服气，又是一气跑动,妈妈又急忙念叨着别摔着了。她的眼睛一直在这两个小鬼头身上,偶尔回头看我坐在一边,补上一两句,问要不要吃东西,我说不用。过后看到门外的烟花噜噜地在空中绽放,我抱着小侄子到豆场当中站着,让他仰头看天空中那明亮的星星,母亲牵着大侄子在门口放着烟花炮。

当我小时母亲对我说的话,母亲再次给了家里新一代的孩子。当我小时骄纵的脾气,新一代的孩子又回还给了母亲。时间对于母亲是轮回的,她的世界永远是屋子到田地之间那么大,她的事情永远是那一些琐碎的家事,日日夜夜,无休无止。我常常随着她的脚步,一路看着她在卧室、堂屋、灶房走动,她几乎没有一刻空闲。家里好像没有这个人,会散乱一团似的。因为哥哥的脚痛一直不好,母亲约着婶婶一起到隔壁村的算命先生那里求卦。在她不在的时间里,两个侄子哭哑了嗓子,爸爸找不到穿的袜子,哥哥要洗澡却没有开水,几乎一时间都乱了套。她怎么还不回来?过了十来分钟,又问她怎么还不回来?一个个空着手待在各自的位置,都不知道如何开始下一步的行动。我一时间充当了母亲的角色,给每个人想要的,你的袜子,你的洗澡水,不哭哦,奶奶马上就回来。在不断的各种诉求里,我又开始给他们热吃的,打扫大侄子扔得一地的橘子皮,抱着哭叫的小侄子给他找苹果吃。在这短短几个小时的时间里,我脑袋里充满了各种琐碎的事情,一会儿在堂屋,一会儿在楼上,顾得了这头,又要兼顾那头。在奔忙的时候,我想象着母亲是如何度过这一天又一天重复冗杂的生活的，这当中并无乐趣可言。

很快我就又要离开家去工作了。临走前的晚上，母亲难得地来到我房间。侄子们都在看动画片，暂时闹不到她。我靠在床边听着钟志刚的《月亮粑粑》，母亲靠着沙发默默地听着。她此刻是不忙的，她只是在那里靠着，也不看我，也不说话。一首既罢，我又放了一首小河的《老来难》，音乐声中，她听到开心处莞尔一笑，我看她一眼也笑起来。我不敢妄动，她就在这里，不再属于那些无穷的琐事，不再是老一代小一代的保姆，而是我一个人的妈妈。我想起一次回家，侄子们不知道去哪里了，卧室的灯光憧憧，电视开着，她拿着遥控器倒在床上睡着了。我关掉灯和电视，给她盖上被子。那时候，我也是不敢妄动的。她终于能在片刻的睡眠中属于她自己。两首歌放毕，侄子们又叫起来了。

走的时候，背着两个大包出门。回头看屋里，母亲正在哄着哭闹的小侄子。我说了声你不要来送了，就大步往村口走去。走了十几步回头看，母亲抱着小侄子跟在后面。外面正是飘着小雨，我变得很凶，让她不要送了，赶紧回去。她说不送不送。我走着走着，回头再看，远远地她还在跟着，看见我回头她停住了。我也不说话，扭头快走，走到村口回头望，村里一整条路空空的，母亲已经不在那里了。

如厕记

忽听得肚子咕呱一声响,心中窃喜,且把便意忍着夹着,火速撵到书堆里挑上一本平日不大看的好书,这才急匆匆地奔进卫生间,坐上马桶,做人生大快意之事。慢慢上慢慢看,只要不急的话,没有半个钟头不出来。像我这样能上网就不看书,虽看书看到一半就眼皮打架大打哈欠的懒汉,唯有坐在马桶的密闭时空下,无事情可干,看书才是最专心的,尤其是那要不开动脑筋就怎么也攻读不进去的"难书"。

并非每个地方都是有马桶的,比如在老家。用我妈妈的话说,在城市上生活这么多年,我养了一身娇贵的臭毛病。首当其冲的就是上厕所。进村子的各条路口,都有一溜茅厕把守,各家各户指着它行方便,还能做粪肥。我用了十来年了,从未觉得有什么不对,偏偏是出外读书工作的这些年,一回家就为着上厕所的问题焦虑。小的还好,随便到田野无人处就能解决，大的就够受的了。

不就是上个厕所嘛！狠狠心去一趟茅厕又不会死。就硬着头皮去了，厕所的门一打开，肥硕的苍蝇哄地一下压头而过，眼睛不小心看到粪池的堆积物，上厕所的勇气一下子瘪了；或者是夏天，发酵的粪味分外熏人，蚊子股间、腿间畅快饮血，叫人上得十分不自在，别说拿着一本书看了。我只好抱着鼓胀的肚子，在豆场上一边打圈，一边骂自己矫情。事情往往就是这样，你越担心什么，什么就越来得汹涌。因而每逢到有抽水马桶的亲戚家做客，或者是去市区买东西，我就抓住一切机会在卫生间上它个痛快。

上厕所，终究是个小事情。妈妈实在不理解我的种种古怪行径。常常是晚上黑咕隆咚一片，我才起身开门，穿过谷场，走上两分钟，过一条小港，到田地肩头的茅厕。妈妈要撵过来，"屋边上有茅厕的，你跑那么远干吗！"说着拿起手电筒给我照路。我那时候情绪就会很暴躁："你莫管我！我晓得路的。"不选白天，偏偏要晚上；不选附近，偏偏要走远。妈妈摇摇头——理解不了！说来我自己也惭愧：远处的那个没有过往行人来往，安静自在，无人打扰，可以放心如厕；江风透过墙缝和窗子吹来，透气，闻不到特别的臭味；最最重要的是有夜色保护，所谓是眼不见心为净。故而勉勉强强还能凑合。

最怕的是去山里的姐夫家做客。村庄在山下，下过雨后，村路极为难行，猪崽子来去潇洒，反正不介意泥泞溅在身上，鼻子哼哼拱着掺和猪粪、鸡屎的泥地，路边用土砖砌成的房屋墙壁上贴着牛粪粑粑。姐夫家里不用多客气，吃得也多，临到头有了大号的冲动。姐夫领着我一路趔趄走过滑腻的小巷，去到了一个猪圈边上。我迟疑地看了看，这跟我们平地的茅厕还真不一样，平地的茅厕就是茅厕，不做他用，这里的原来都跟猪圈牛圈连在一起。一进门，茅厕就是大粪缸上搁着俩放脚的木板，后头隔着栅栏几头肥头大耳的粉红色猪头，眨巴着小眼睛含情脉脉地望着你。我踟蹰片刻，退了出来。姐夫正在抽烟，见我便问道："这么快？！"我咧嘴点头。

我的腹部像是怀揣一块沉甸甸的铁砣，硬挺挺地扛着。这里不像是在家里，可以立马开动电动车去市区，也不可以找到一处稍微干净一点的茅厕。我只好为自己娇贵的臭毛病付出代价。仿佛一群陷入火宅的难民拼命拍打着可以逃生的大门，连声音我都仿佛听到了。好几次，我以为自己马上要拉到自己的裤子上去了。因着为了做人最后的体面，费了十足的力气才不至于出洋相。每一分钟，不，每一秒钟，都漫长得让人看不到希望。终究我受不了了，一气奔到姐夫带我去的茅厕，再也顾不得那群猪奶奶们的围观了，终终于于一泻千里，得了大解放，大自由，大欢喜。连猪群都能感受我欲仙欲死的神情，集体哼唱起来。我赶紧提起裤子，怕它们会做出什么样的举动来。那路上飘飘然的感觉，如在云端。

此遭经历害我得了"大号焦虑症"，每每出远门之前，总要一再去卫生间，好担心一路都没有一个干净的去处。长途路上加油站边上的公厕，其肮脏的程度比村子里的茅厕不知超过多少。因而车上不敢多喝水，也不吃促消化的香蕉酸奶，可是注意力怎么也转移不了，死死地注意着那一点点攒起来的尿意和便意。真是越回避什么越来什么，我把手紧紧按住腹部，希望司机能大发慈悲，能在某个加油站停下。然而如果是到了可以随意上卫生间的地方，那股子要上厕所的焦虑一下子就没了。为此，我又养成了一个臭毛病——每逢朋友兴奋地讲起去旅游的种种经历，那山水美得嘞，那东西好吃得嘞，我总是要忍不住插进去问上一声："那地方有抽水马桶吗？"

有车一族

那时候村庄里的自行车都是凤凰牌，二八式的，车把、车架、车铃、链罩、曲柄，都有小凤凰的图案。最开始富裕的人家买了来，那家的女人去村东头的小卖铺买个酱油都要兴兴头头地骑着车去，路上碰着人车铃叮叮当当脆脆响："边上去！边上去！撞到了我不负责的哈！"池塘边的那些女人恨得拿芒槌拍衣服。车子一群后头跟着跑看的各家小子，都给女人们叫骂了回来："你瞎了眼珠子了！还不给我滚回来！"转眼过了两年，家家都能买上自行车了。一时间，操场上满满当当都是学骑车的人。

操场在我们小学的校园里，水泥地，宽广得很，村庄的女人们相约着下午五点钟晚饭后来这里练车，男人们都被拖出来陪练。"你扶了没有？！"女人坐在车座上战战兢兢地问，那男人在后面边紧紧抓着后车座，边不耐烦地回："你骑你的！"女人一本正经地板着脸,脚掌抻出又收回,车轮不听使唤地左右摇摆,又惹出不停的尖叫来。我们趴在教学楼的围栏上,眼见着那本来扶着车的男人松开手,女人还无知无觉地往前骑着,就高喊:"秋菊娘,他放手咯!他放手咯!"女人一回头看见男人站在远处,慌了起来,脚也乱了,手也抖了:"我要下车!"当的一声人连车子摔倒在地,男人气得向笑得发疯的我们挥拳怒骂。

不知是谁起的头,兴起了这样一股风,上田地去也不靠双脚走路了,非要扛着锄头骑着自行车去。走在路上的行人,且见那骑车的女人一路嚎叫:"边上去!边上去!"得赶紧闪开。那龙头在女人的手里像是得了一口真气似的活了过来,你往左躲它往左冲,你往右闪它往右撞,车轮如醉汉一般跟你扛上了,不撞到你不罢休。最后行人跟女人都跌到了水沟里去了,那行人气得蹦起来:"娘的,你再去操场上练练!"

这车子练得差不多了,也该练习点高难度的——带人骑车。母亲们之间的比赛从过去的纳鞋底变成骑车了。于是我们这些本来隔岸观火的小家伙,都给自己的母亲揪了过来,硬生生地给安在后车座上。"我要撒尿!"我们找着各种借口想逃开,都给母亲们无情地拒绝了:"再叫就把你脚打断咯!"我们只好紧紧揪着母亲的后衣摆。母亲们的脚在地上像是拨算盘一样扒拉几下,飞腿上车,车身微微一震,车子动了起来,我们的手不由地出汗。母亲们来不及从容地对谈,她们一板一眼地踩着车踏,那一阵子个个时兴烫一头的小卷发在风中飞起来。

她们甚至相约骑车去镇上看电影,穿着绷出一大截粗壮大腿的健美裤,在江堤上你追我赶。二八式的车档高,她们有些够不着,脚费力地点着车踏子,后面照样是坐着我们。她们一边骑车一边说起过去挑着蚕丝走上二十多公里去镇上卖。那江边的风一刮过来,脸上的汗珠子变得冰凉。后边传来叮叮当的声音,听到芙蓉娘的声音:"你再嚎一声试试!"才说完,车子与我们同行,我与芙蓉娘的儿子安华对上眼了。安华一脸的土,显见得是刚才给摔了的。到了转弯处,母亲喊着:"芙蓉,你让让嚛!"芙蓉娘也乱了,车头本来该是往左转的,偏偏转到了右,一下子哪哪一声,两辆车子同时往大堤的草坡上冲去。我们事先给震了出来,跌在草丛中。母亲与芙蓉娘都在堤角下被车子压住,俩车轮兀自吱吱地转着。

仿佛历经了一场狂乱的梦后醒来,母亲与芙蓉把车子果断地大度地让给父亲们,跟其他败在两轮之下的大娘们回到了两腿行走的道路上。骑不上自行车,气也矮了半截,烫的小卷发给捋直了,健美裤也给收起了,依旧穿上大儿子丢弃不用的校服,锄头扛起大步往前走,身边车轮嗖嗖地往前冲,那是天资聪颖的女人们,个个像是被狗撵杀的母鸡似的急匆匆地把她们甩到了后方。

再买一瓶去

村里有两个小卖铺,一个在东头,我家五奶奶开的,一个在西头,武林伯开的。每回买东西,母亲都要嘱咐我:"路上莫让你五奶奶看到咯。"我不耐烦地回答:"晓得晓得!"我家在村中心,离西头的那家近,炒菜没盐了,酱油瓶空了,灯泡芯烧了,抬脚就去,三分钟之内就能买回来。这倒在其次,不是没去过五奶奶家买,走上十分钟的路就不说了,要买的东西还常常没有,蜡烛啦,纽扣啦,铅笔啦,皆要等下次进货,都火烧眉毛的事儿,哪里还等得及?偏是五奶奶没事就过来找母亲说话:"好久都不得见你来啦!"母亲装作好忙的样子,狠命地搓澡盆里的衣服,跑到猪圈边上摘南瓜,一抬头,五奶奶的目光还在粘着她。"这个……不是不去的……你这个死鸡婆,叫你乱跑的啊!"母亲一溜烟跑去撵鸡去了。

五奶奶又去我二婶家。二婶家就在武林伯家隔壁,坐在她家堂屋，都能听到哗啦哗啦搓麻将的声音从墙那边排山倒海而来。五奶奶才要开口，堂弟正好攥着一瓶酱油进来，眼尖的二婶肥圆的肉身立马弹起来，堵在堂弟前面："你个鬼儿子，快给我进房里做作业！"堂弟被骂得莫名其妙："不是你叫我买酱油嘛？！"五奶奶早已把眼睛拴牢在堂弟的酱油瓶上："细弟，你告诉我，好多钱？"二婶把堂弟往房间里轰："给我做作业去！"堂弟恼了，立在堂屋里，眼睛瞪着："不是你叫我买的嘛？！"五奶奶屁股虽不离凳子，身体啄了过来，又细声细气地问："好多钱哪？"堂弟答说三块，她嘴角隐隐有笑意："我那里这个只要两块八！"二婶的肉手一把拎起堂弟，往房间里一塞："唉哟，还是五婶那里便宜噻。你老人家莫见怪，细弟不懂事，叫他去你那里他偏不去，脚懒得抽筋！"

　　五爷爷在村子东边的砖厂里看门，平常都不大回来，日常都是五奶奶自己踩着三轮车去二十里地外的镇上进货。碘盐、香油、陈醋，有时候还捎带卫生纸，满满地塞满一整个车厢。车子偏不从东头进，远远地从西头就开始听到车链子嘎吱嘎吱响。正在村中间池塘洗衣服的婶婶们都忙着收拾洗衣盆回家，实在慢了一拍的，五奶奶喑哑的声音就磨了过来："秋香啊，刚进的醋你要不？那天我看灶头的醋用得差不多了！"秋香婶子摸摸头又摸摸上身，口中嘶嘶有声："哎，我身子没得钱……""没得事的，你拿过去用噻！"说着，五奶奶已经把醋瓶子戳了过来，秋香婶子喏喏地接来："哎哟喂，这几难为情的!"

从池塘边骑车过去,拐过一株梧桐树,就到了我家的豆场。早在阳台上,我就看到了秋香婶拿着一瓶醋,五妹娘手中一包盐,香梅娘拎着一小桶洗衣膏,二话不说我就冲下楼告诉正在厨房切菜的母亲。母亲扔下火钳,往灶房后头的柴房走:"你烧一下火。五奶奶要是问我在不,你就说不在。上次硬要卖给俺屋的香油,都过期咯,真的好意思!"看着母亲躲到柴房去了,几分钟后五奶奶车子停在了灶房门口:"大妹,得屋啵?"我喊了一声五奶奶,说不在。她下了车,进了门,不相信似的瞅了瞅:"我才将看到你屋烟囱冒烟的咧。"我心头一紧:"是我在烧饭嘛。"五奶奶靠近灶台,揭开锅:"咿呀,炖土豆吃嗳。"说着顺手拿起一双筷子夹了一块尝,"细伢儿,你不错嗳,晓得做饭咯……味头有点儿淡,应该放点酱油……你屋酱油没得了啊,早说嚎!"五奶奶返身从车上拿了一瓶酱油过来:"倒点儿酱油,就好吃咯!"我慌忙摇手:"我妈不在,我没得钱。"五奶奶眼睛圆睁,"自家人,说么子钱不钱的事儿!"啪的一下把酱油放在我家的灶台上。

我跑到门口,确认五奶奶走得远远的了,才细声细气地朝着灶房喊:"妈,老精怪的走咯。"母亲手里拿着两颗母鸡刚生的鸡蛋,"你再到门口看一看,说不定她又转回来咯。"我再次去门口,确认已经看不到五奶奶的影子,母亲才松了一口气,放心地走到灶房来,拿起五奶奶搁下的酱油瓶看:"老精怪的,这酱油都是过了期的。就是图钱少,进便宜货。鬼才会买她的东西!"我接过酱油瓶要扔到窨里去,母亲忙喝止:"你是个苕啊!扔了还想那个老精怪再放一瓶?去,到武林伯那里再买一瓶来。"

小刺

都是小事儿，十来年却总是忘不了。大年初二去大姑家里拜年，我期待了好久，哥哥却踩着自行车把我丢得老远。他不肯带我，自己一个人去了。站在长江大堤上，看他越骑越远，连妈妈高声喊他带我一起去他都装着没听见。我一下子哭起来，不甘心如此被抛弃，遂抬脚一路撵过去。我在前面哭着走，妈妈在后面一边跟着一边叫着让我回家算了。去大姑家也得十来里的路，对于才几岁的我来说也未免过于漫长，然而我心中憋着气，我就是要去，谁也拦不住我。走了几个小时，妈妈跟跟又回去了，哥哥也骑得不知踪影了，只有我在空荡荡的大堤上，腿脚酸痛地行走，滑落在脸上的眼泪都给吹干了。

再记得的一件事是心中恨恨地连睡觉都会号哭出来，因为妈妈不带我上街去。她躲开我，跟其他的婶婶相约好了去了街上，却不肯带我去！她是千方百计把我支开的，她让我去小卖铺买包火柴，我乖乖地去买了，一回来，家里一个人都没有。我叫喊着妈妈，我上楼进房间去厨房，都只有我叫喊的声音。隔壁家的叔叔告诉我妈妈已经往村口走了好久了。我拔腿就跑，我希望妈妈只是忙着走而忘记了我，我希望我能撵上她们。上街这样的大事，怎么能不带上我呢！可是她就是故意躲开我的，后来我听其他同去的婶婶说的才知道，妈妈怕我太麻烦。我生平第一次升起了一股恨意，晚上因着这股恨意而哭起来，妈妈过来要抱我，被我推开。我边放声大哭边捶打她。你不带我上街！你不带我上街！

还有一件事情不能忘记，妈妈端来炒好的土豆片，我趁热赶紧上去夹上一片，不料手上一抖，土豆片落到我的胸口，当时就烫得我大叫起来。那时候爸爸坐在我边上，他只顾着吃自己的饭，见我如此咧着嘴大笑起来。我记得他笑得无遮无拦，而我烫得泪眼婆娑，直到妈妈闻声跑过来给我清理干净。那块土豆片好像到现在都在我胸口那块烫着。

小时候被人打倒在尘土飞扬的土路上，哭过也就哭过了，不会留存多少记忆的；也曾经被一帮小孩骂着各种绰号，那时候懊恼得不行，现在也觉得是淡淡往事不提也罢。反而时间流水如何冲刷，至亲之人给予自身的所谓恼恨，总在不经意间涌上心间。不带我去大姑家，不带我上街，不帮我收拾还笑我，那恨恨的感觉还能如此鲜明记起。而家人恐怕早就忘了这档子事情了，甚至可以说这简直算不上事情。我也以为我忘记了。

现实中的事情太多太多。

这些琐碎的恨意像是喉咙里的鱼刺，咽下饭团，喝干米醋，没有了痛意，以为是给压了下去，谁知下一次它又以锐辣的痛感提醒我它的存在。我忽然想起爱吃香蕉的起因，是因为那时候爸爸带我上街，求了好久才买了一根香蕉给我，那是十岁以来第一次吃到这种水果。我记得那甜软的滋味，延绵至今。我又想起了妈妈在吃宴席的时候，没有带我上桌。我从宴席的桌子前面走过，看到妈妈触目地坐在一堆成人之中，怡然地吃着肉丸子。我一个人跑了出去，躲在树林中哭。我自己也弄不明白何以这么敏感，觉得理应是我跟妈妈一起吃呢。我会在心中发誓：长大后，等我有了钱，我一定要买一屋子的香蕉吃；还有我再也不跟妈妈一起去亲戚家做客了！我心中排练着种种戏剧性场景：我向着他们咆哮，我离家出走，满怀怒意，而他们求着我，声音中充满了悔意，那时候我一定不会回头的。我依旧会像当年哥哥不带我去姑姑家的那个上午，一个人独自走得昏天黑地。

恨意、不平、气闷、委屈，都在与亲人的关系中第一次遭遇到，好像是第一次摸到滚烫的水炉子，就再也忘不了那第一次生猛的痛感了。因而面对下一代，我的侄子，我常常紧张过度。我很担心自己不经意的言行，就带给了他们不可磨灭的痛感。我记得给侄子讲故事，想象你被一只凶恶的老虎追赶，你跑啊跑啊跑到一座大楼，你打开大楼的大门要躲进去，突然看到一头大狮子吼叫着从门里头冲出来。这是我常做的一个噩梦，顺口就讲了出来。五岁的侄子听着愣了一下，马上哭了起来。我好怕。我好怕。你不要讲了！你不要讲了！第二年，侄子又爬到我床上来要我讲故事，我待要开讲，他突然说：你不要讲去年那么可怕的故事啦。我真的好怕！

不听话你就打

那一阵子录像厅风行林正英的僵尸片,老师突发奇想把这个移花接木到日常的课堂惩罚中。正好是一个"老油条"撞到枪口上,老师命令他站起来,移步到两排桌子的空隙,两手伸直,双脚并拢:"好,就这样!给我蹦到前面来!"我们这些安然坐在座位上的人,兴趣盎然地看着这个老捣蛋的家伙,模拟僵尸的姿势一蹦一跳地去到了讲台上。我们美其名曰"僵尸跳"。在这个同学身上,还用了一招——"葫芦吊"。麻绳缚在门框上,老师走过去,一把捞起这个又轻又瘦的同学,三下两下用绳子绕住他的腰间捆结实,然后拉到半空,用戒尺打他屁股:"你以后还敢不敢了?敢不敢了?"那一尺子啪地下去,脆生生的肉响,我们听了特别振奋。眼见着那同学转陀螺一般,每一尺子下去都喊一声"妈呀!妈呀!",我们就咬着嘴唇忍着不敢笑出声。

家长送我们来上学，对着老师第一句都是："不听话你就打！"老师果然就听家长的话，日常一个走神，嗖地一下，粉笔头飞弹击面，我们名之曰"小李飞弹"。这是男女老师都爱用的。另外男老师爱用所谓的戒尺，语文老师用的是竹子削成的，油光黄亮，打到手心，火辣辣地生疼，但是这疼圆润极了，就在被打的那一块滚动着痛；数学老师用的是小杨树枝，皮和结疤都保留着，那一下子啪啪下去，结疤猛地撞到骨头上，任谁也要嚎叫出来。"你再叫？再叫？"打得更起劲了。女老师爱用"老妖爪"。一只伶俐的手咻一下杀过来，尖尖长长的手指甲拎你耳垂，掐你脸蛋，手过即青。这个比戒尺要厉害。它因着留有痕迹，他人一看即知。特别要是被家里父母看到，肯定又是一顿盘问好打。

这些都是小学的玩意儿了，初中才算开眼界。开学初，老师就亮出了撒手锏。凳子翻过来，四脚朝天。"你，跪上去！不准动！敢动一下，再跪一节课。"那被罚的同学，两条腿各自跪在两边桌腿上，努力保持平衡。过后三四天，这同学走路都是半蹲着蹭到教室的。这一招"四脚蹬"，叫乍入初中校门的我们闻风丧胆。宿舍十点熄灯，到了十一点，班主任突然来袭，一下子逮住抽烟的几个。第二天有他们的好看了——集体跪倒教室后面，班主任气呼呼地在讲台上走来走去："给你们脸，你们不要脸，就别怪我不给你们脸！"说完，命令他们相互之间扇耳光，边扇边让他们说："看你抽不抽！看你抽不抽!"有不要扇的,班主任冲过去,把那人推出教室外面。我们在教室里只听得"哐哐哐"的声音,那是头部痛击铁门的声响。

也对打。学生与老师在课堂上咆哮,老师命令学生跪下来,学生就是倔着不跪。老师过来巴掌挥到半空,学生一把抓住。老师吼叫着,叫其他男同学过来压着这位学生,非要让他跪下来不可。其他同学不敢动,那学生已经红了眼睛,谁要上来就捅谁的神情,把人都给镇住了。这学生的爸爸被叫了过来,爸爸也不问三七二十一,走过来甩手给了学生一耳光。然后转身给老师递烟,赔礼道歉。然而,那学生从第二天起就再也没有来过学校了。

作为乖学生,我一直处在观看同学挨罚的位置,但是也终究难逃一挨。那时候寄宿在姨妈家里,没有跟着同学睡在宿舍。晨读的时候,难免就要迟到。急匆匆跑到学校,老师已经冷着脸候在了门口。教室外面已经有一排同学捧着英语书站在那里大声朗读。不说我也知道该排在他们之后。寒冬的清晨,西风从田野刮来,手和脸生疼地受着冰冷。且把这称为"西风烈"吧。第二天,手肿得如萝卜一般。中午也着急,从上午下课到下午上课只有四十分钟时间,我们这些回家吃饭的人就得一下课就火速骑车回家,路上要花费二十分钟,急忙忙吃完饭,又火速撑到学校去,经常又是迟到。这次是校长亲自在校门口候着。校门紧锁。校长站在门卫室,看着堵在门口扶着自行车的我们,一一在迟到登记簿登记方能入内,如果迟到三次以上就不准回家吃饭了,只能在食堂吃。当我们一想起食堂那大铲子在大锅里翻炒着的饭菜时,我们的胃部就起极不舒服的反应,这也是校长对不为学校增收之人的惩戒——"猪食餐"。

独此一声

我的独特从声音开始。当我一开口,声音从喉咙喷涌而出时,我看到听话的人眼睛那微妙的变化。他们的眼睛从一种日常的慵懒状态忽然间变成好奇的神情。我的舌头笨重地上下前后调节说话所需的力度和强度,一看到他们那种熟悉的神情后,莫名地赧然了。当我还小时,他们会抬头问我妈妈:"你孩子是不是嘴里含了一团糖?"这是客气的询问,不客气的直接说:"他舌头是不是有问题?"妈妈此时忙着辩护:"我没有让人弄他舌头啊,不知道什么鬼,就成这个样子了。"

成为什么样子,我不清楚。我的舌头吃饭说话没觉得有什么不方便,声音在自己听起来也没觉得有什么让人奇怪的地方,为什么我去小卖部开口要买糖的时候,老板娘会用奇怪的眼神看我?为什么跟那些同龄的孩子在一起玩耍的时候,他们会偷偷地发笑,甚至用怪腔怪调的声音来模仿我?然而我却懂得了，我跟他们不一样。他们那一刹那的眼神变化，每次都被我毫无意外地捕捉到，然后说话的底气如破了小洞的气球一般逐渐瘪下去。

我的说话把我跟人群割开了。妈妈一再说你说话把舌头伸直了，不要急，不要抢，每个字发准了。我开始还严格遵循着这些建议，舌头如绑了一块石头在吃力地缓慢弹动，可是说着说着又看到了对方的神情。很多年后，我大学毕业去找工作，好不容易争取到一个培训机构的面试机会。我足足准备了好长时间，才在面试考官的面前开讲。我一遍又一遍在心里默念着要慢点说慢点说，把话说清楚了。讲完后我一头大汗，那面试考官微笑地点头，说我讲得不错，但是——她迟疑了一下——我们的学生都是小学生，他们还在学拼音，你这个说话……我心中毫无意外地接受这个现实，或者说非常习惯地知道结果当是如此。我平和地跟考官说再见，收拾好自己的教具，出去搭公交车，一上车脸部的肌肉一下子坠下去，心中涌动着想喊叫的欲望。我记得小时候，全村的人都不称呼我的本名，而是叫我因为说话问题而起的绰号。他们轻巧地吐出那个绰号，然后用带讥笑的眼神看着我。

所以有一天，我好高兴地跟别人说："我妈要带我上医院去看医生。"那种无比欢乐的心情，在到了医院的一刻达到顶点。我觉得只要医生看出了问题在哪里，我就有救了，不管是吃药打针，哪怕是动手术我都愿意。医生让我把嘴巴张开，然后仔细查看我的舌头和口腔，没发现什么毛病。他对我妈妈说孩子太小，等到他十八岁后再来看吧。我忽然有了一种莫名的希望。我梦想有一天我能顺顺溜溜清清朗朗地在众人面前开口，他们投来的将是赞赏的表情，而不是那如锥子一样戳到心里去的神情。

直到有一次，我在好友那里第一次见到复读机，可以录自己的声音。我好奇地对着机子讲了一段话，然后按下按钮。一个沙哑刺耳的声音响起，说话中每个发音都好像包了东西似的，古怪而难听——着实难听！我第一次从身体之外听到了自己的声音，浑身起着恐怖的鸡皮疙瘩。天啦，怎么会这个样子？朋友笑着说你声音就是这样啊。我一下子觉得好生怜惜那些听过我讲话的人。你们怎么可以能忍受这样的难听至极的声音啊？情况开始不一样了，以前虽然我知道他们对待我说话时的态度，可是我自己从来不觉得自己有什么不好的。可是这次的经历却把我投入了讨厌自己声音的队伍之中，甚至更为激烈。

我小心翼翼地说话，对方也按照礼仪和习俗的要求客客气气地听着，哪怕觉得不适也会掩藏起来。然后我心疼，心疼他们的必须忍耐，心疼他们的自我调适。而我也分裂成两个自己，一个在叨叨说个不停，一个在空中冷嘲热讽地看着自己唾沫横飞的丑态。不觉间自己赧然了，退缩了。我觉得自己该紧紧闭上自己的嘴巴，做一个沉默的人，对他人对自己都是一种解脱。

可是，你不可能不说话，不可能不面对来来往往的人们，不可能不在人群中生活。你改变不了自己的声音，改变不了自己的舌头，你必须不断地表达观点，陈述理由，发泄情绪。好比是你的工具，不好看，却不得不用，如炒菜要用锅，骑车要有轮一样。那就这样吧。改变不了它，改变自己的心态吧。逐渐会发现人们在你陈述自己的观点时直接跳过了你的声音，而去关注你说的内容。你知道不用去介意了。不用。

这些年来，我碰到的人，有因为自己的鼻子不好看而自卑的，有因为自己的矮个子而自卑的，各个都有自己极其介意别人却不以为然的细节。每个人心中都有一个渴望成为的那个人，因为觉得自己不是完美的。完美是不存在的，那还不如去接受不完美吧。几乎每一个朋友都忍不住对我讲那一个故事：一个希腊人，为了改变自己的口齿不清，天天拿着石子放在舌头下面练习，最终成了举世闻名的大演讲家……听完我哈哈大笑，连连摇手。不用了，不用了，我的声音独一无二，你们谁也没有。挺好。

柔软的距离

离家日久,一年一次才能回乡下老家陪陪自己的父母。我知道未来的日子里,我很难再回到这个我已经生活了十几年的村庄了。我的生活方式与村庄已经渐行渐远。从菜园到公园,从泥路到公路,从瓦房到楼房,我跟我的同辈人一起从农村到了城市。跟北京、上海本地的朋友聊天时,我说你们不会知道什么叫做乡愁。家乡你已经回不去了,而城市你还融入不了。在这种两无着落的尴尬状态中,一方面人自然会有一种游离的漂泊感,一方面也拥有了一种超然出来的清醒——对于农村与城市都被迫有了一种距离。

过年回农村老家,母亲问我从住所到上班的地方需多长时间,我告知半个小时就到了。她听罢,感慨这上班的路还真远!而我的意思其实是才半个小时的路程,多近哪!同样是半个小时,对于处于农村的母亲和生活在城市的我,完全是不一样的时间体验。她常常一脸茫然地问我:"今年是哪一年?"另外说起一件事情,她会说在你出生的前几年怎么着,在我们家盖房子的后几年怎么着,在她的语言表达中没有我们常用以标示时间刻度的精确年份,而是以她觉得重要的事件作为参考点。

我和母亲拥有的时间观念如此不同,我始终在各种城市漂泊,人与事常常难以预料,每日的工作与计划都排得满满当当;而我的母亲在村庄鸡鸣即起、日落而息,四季轮回,侍弄着棉花和小麦。在村庄的花生地里,陪着母亲挖着花生,听她说着村庄的各种人事纠纷,日常生活的琐碎烦恼。我捕捉她的方言词汇和说话语调,什么地方让她怄气,什么地方让她开心,什么地方是她念兹在兹的所在。我虽然是她的儿子,她在碎碎说的当儿,我也陪着她开心和难过,可是我又超脱出来变成一个旁观的观察者。她既是我母亲,也是我的观察对象。我还会拿着DV,拍摄母亲在灶房烧火、在池塘洗衣服的场景,也会拍摄父亲打牌、打盹、带孙子的场景。我存着这样的念头:如果有一天他们都不在这个世界上,至少我还为他们留存了这一份记录。

我也愿意把自己变成人肉DV,用笔去记录村庄、家人、亲友。我对他们有我自小的情感,提起他们,我脑中翻腾着无数关于他们的细节,温暖的、沉痛的、好玩的、难过的,都历历在目;而在写他们的时候,我又希望我是相对客观的,只负责呈现细节，不因为我的个人情感而去遮蔽了他们的个性。

同时，我又生活在城市，它给予人随时随地的陌生感。你对每一条街道怎么可能会像在村庄那样，闭着眼睛也能知道如何拐弯呢？你对每天碰到的每一个人，怎么可能会像对自己的邻居那样知根知底呢？所以你随时保持着打起精神来应对的状态。在农村，我不需要精确、秩序、洁净，在城市我不如此，是要被视为怪人的。在这种反差中，有趣的碰撞就出来了。你对于城市就相应有了陌生的观感和体验。我渴望把这种陌生的紧张感表达出来，同样是用细节。

可以这样说：与亲人，我距离过近，因此我走远一些来写；与陌生人，我距离过远，因此我走近一些来写。我希望把距离定位在一个适合的距离，同时也是一个柔软的距离，用情度之，用理解之，因此才有了这些勉力为之的粗糙文字，只希望把他们的片段留下。曾经他们走过我的眼前，现在他们又各奔东西。我想象自己是在人海中以文字为小舟，打捞经过手边的碎片。写作的此时，窗外一遍遍传来"磨剪子嘞戗菜刀——"的叫喊声，把人心都喊得悠远了，探头看去却不见那喊的人，只有两只喜鹊在天空中掠过。

夏逝

在街头,我和妈妈远远看到了她。正好是逆风行驶,她细瘦的脚奋力踩着自行车踏板,头发蓬乱,后背的衣服鼓成一片帆。赶着去叫她时,她才勉力停下来,跟我们寒暄了几句,然后又急急地上车,说时间快要到了,她要赶着去一中送饭。我们看到了她的车篓子里放着两个保温桶,红色的给她读高三的女儿,蓝色的给她读高二的儿子。一中是我们那里的重点高中,她的一对儿女能进到这里读书,真算是无上的荣光了。我们看着她继续顶着风沿着长江大堤往一中赶去。回去的路上,我跟妈妈说起这每天送饭,来来回回也要几十里路,何况学校又不是没有食堂,难道表嫂不怕辛苦吗?妈妈说你这个表嫂好福气,儿子女儿都有出息,将来肯定是能考上名牌大学的,现在是辛苦点,以后好日子自然会来的。

表嫂跟妈妈的娘家都是同一个垸的,后来经媒人介绍,上个世纪八十年代嫁给了我大姑的大儿子，随后几年跟我这大表哥生下了一个女儿，一个儿子。大表哥是个手艺人，平时种地，闲暇去做工，家里虽然不富裕，也能宽宽松松地过下去。何况一对儿女还聪明，自小都是学校拔尖儿的人才，两个人的奖状将家里的墙上贴得满满当当的。这对儿女跟我差不多大，却差了一个辈分，每次过节之时，大姑带他们来，他们见我都是羞答答的，表叔这个称谓他们是喊不出口的。

表嫂是忙碌的，她始终瘦，脸尖尖，高个子，腿脚麻利，见我们拜年来，忙忙端茶倒水，热情招待，又去热菜盛饭，说着这一年下来的光景。除开过年，其他的时间我们都有各自的生活，相互既然不是特别亲的亲戚，也不会去特意走动的。然而在我们见到她送饭的后一年，她却频频来我们家，只为一件事情——借钱。她端着我们递给她的茶水，怯生生地坐在椅子上，一会儿问地里的庄稼怎么样了，一会儿问我爸爸的身体可好了，有的没的问了很多，才说出来由——儿子得了一种怪病，大脑方面的，生活不能自理，说话口齿不清，连人都不认得了，带他去大大小小的医院去就诊，家里所有的积蓄都花光了……那时候，爸爸刚中过风，家里也没有什么钱能借给她。后来我们知道所有的亲戚她都去借过了。

我们见到了她生病的儿子，肿胖的身子，嘴角斜歪着，眼神也是迷离的。表嫂一边给我们倒茶倒水，一边跟她儿子说："这是你三舅母娘和小表叔来看你了。"她儿子突然起身，挥着手攥我们出去："出去！出去！我不认识他们！"我们吓得逃出了房间，表嫂赶忙去拉她的儿子，好言好语地劝慰，这才平息了一场小冲突。对不起。对不起。表嫂给我们道歉，让我们在堂屋坐着。大表哥自己刚从医院回来，他在务工的时候，从脚手架摔下，把手给摔断了，现在打着石膏。表嫂又去扶着大表哥。她这边刚安顿好，房间里她儿子呜呜的声音又响了起来。

　　儿子没有继续上学，女儿还在念书，大家都觉得她能考上重点大学，成绩在那里摆着呢，第一年高考却没能考好，继续复读重考依旧没考上，第三年勉强过了专科线，只好去读了。办升学宴的时候，表嫂在桌子与桌子之间忙活，女儿郁郁寡欢地坐在自己的房间里不出来。女儿上了三个高三，她继续送了三年的饭。既然儿子不能够读下去，女儿总归可以指望。女儿在那大学不要家里一分钱，自己勤工俭学挣学费和伙食费。何况就是要，家里也给不了，为了弟弟的病，家里负债已不知有多少。大姑来过，大表哥也来过，最后表嫂又来过，继续赧颜地借钱，并说着今后一定要还的话。后来，借钱的队伍中，大姑不再前来，她躺在自己儿子的房间里，熬成一身枯骨也不去看病，慢慢地死掉了。

　　女儿是争气的，虽然学校不好，可是她要强争气，年年还有奖学金拿，表嫂说起来时，也能偶尔露出笑容。她热切地招呼我们坐着坐着，非要倒茶给我们喝。儿子的病也好多了，能认识人了，也可以继续读书了，再也没有比这更好的事情了，不是吗？她瘦而干的手指握着一次性茶杯给我们递过来，声音中有敞亮的活气。她还要买肉买菜，招待我们。我们都说不用了，她一定要我们留下。留下。留下。好多年都没在我们家里吃过饭了。她的儿子果然是好多了，从房间出来，虽然还是肿胖，可是能清楚地叫我们了。这就好。这就好。以后的日子还是有指望的。

大姑去世之后，大姑父老年痴呆越发严重了，光着身子跑出门的事情时有发生，后来躺在床上，屎尿都不能自理。表嫂和大表哥轮流照看着他。冬末春初之时，淅淅沥沥的冷雨罩在村庄之上，寒气阴阴地沿着窗户缝隙渗透进来。难得一日阳光从乌云中挤出，天气一下子暖和起来。表嫂把大姑父房间久未晒过的棉被和衣物拿出来晾晒，大表哥把大的椅子和柜子拿到池塘去清洗。阳光中有微微的热度，忙活了一会儿，身上都有汗。儿子也考上了大学，虽然不是什么好学校，也算是有正常的人生了；女儿大学毕业，却有点儿痴傻，不知道会出什么事情；公公这病情日益加重，又要准备好棺材和寿衣；盘算了欠债，一时间也还不清，地里的棉花不知道能卖几个钱……总是一个个难过的坎儿，可是终归能克服的，儿子不就是治好了病了吗？

大表哥的尸体浮在池塘的水面上，打捞起来的时候，鼻孔里汩汩地冒血。表嫂不相信她丈夫是死的，她的手在这个男人的身上摸了摸，心脏、鼻孔、手腕，都没有任何生命搏动的迹象。他是死了。他说过他去把椅子和柜子洗好后就拿回来到阳台上晾晒的。表嫂不相信他是死的。因为他不会让自己一个人来面对这个一屋子病人和债务的世界的。这是不可能的。然后这个男人在池塘边搭起来的棚里躺了一晚上，第二天送到火葬场火化成灰，儿子哭了，女儿哭了，自己的妈妈也哭了，所有的亲戚都低头叹气，这时候，有人过来安慰。说着这日子还是要过下去的。过下去，怎么过呢？公公病得连谁是谁都不知道，儿子虽然好了些却依旧没有恢复彻底，女儿刚从安定医院回来，很多很多的债务不知道怎么还，怎么过呢？

劝慰的人群终究要过自己的日子去，房间大大的，厨房大大的，卧室大大的，男人的破了的内裤、鞋子、外套都搁在眼前，终究不好去收拾的。难收拾。越收拾越乱。在大表哥死后的一个月，大姑父也去世了。这个消息没敢告诉读大学的儿子，怕他再受到刺激。而女儿痴痴傻傻地坐在房间的一个角落，不言语，不走动。表嫂做饭、洗衣服，雨老是下着，碗柜里爬满了霉斑。儿子在丈夫的葬礼后说："妈妈不怕，我以后会好好挣钱的。"他现在在学校怎么样？同学会不会欺负他曾经是个傻子？学校的贷款怎么还呢？女儿的医药费去哪里找呢？家里的庄稼都烂在田地中间，怎么弄呢？屋顶漏水了，床上都湿了，没有干的可以换，怎么办呢？怎么办呢？一团又一团的乱麻，理都理不清楚，又像是一团恼人的苍蝇群嗡嗡在脑子里乱撞，表嫂走出厨房，走过房间门口的时候，女儿在角落发呆，她又继续往前走，上楼，穿过楼顶，爬过栏杆，跳了下去。

腿摔断了，前来扑救的人群把她抬到床上。劝慰、劝慰。日子要过下去的，不要想不开。这些都在极其遥远的地方嗡嗡响着，然而这些跟自己有什么关系？众人又散去了，留下女儿在床边坐着。她让女儿去小叔家拿一件东西，自己摸下床，蹭到楼梯下面的旮旯，找出了农药瓶。这次终究是可以的了。打开药瓶，浓绿色的药液散发出刺鼻的气息，够毒，够烈，沿着喉咙下去，都能感觉到一阵烧灼的痛感，比之脚痛更痛快了。而女儿应该还在回家的路上吧。

第二天，表嫂被众人匆匆埋掉了。她的女儿仿佛失去了意识，任何人来问，她都是冷冷地看着对方。她的儿子还在大学，他还不知道爸爸死后一个月爷爷的死，他还不知道爷爷死后一个月妈妈的死。没有人敢告诉他。

与兄同车

那一天他突然回来,小侄子正在床上哭,母亲怎么哄也不行。他过来把他的小儿子抱起来,让母亲去帮忙倒杯开水,他要给孩子喂退烧药。小侄子在他怀里依旧是号啕,他抱得紧紧的,身子来回晃动地哄着。就着母亲端来的开水和小儿退烧药,他一口口把药边哄边喂给小侄子。不哭,不哭,爸爸不是在吗,不哭啊。他肥胖的身子罩着小儿子,低下谢顶的头,去贴着小儿子因发烧而通红的脸。

他是抽空从医院赶回家的。他的岳父因为突发的脑溢血,躺在医院十来天都没有醒过来。他和嫂子日日夜夜都在医院照顾着,两个孩子都放在家里让母亲带。大年三十,在家吃过年饭,他就要匆匆忙忙撵到医院去换嫂子的班。母亲让我也跟着他去,探望一下亲家公。走时我见他的脚一瘸一拐,问他才知是脚痛,去了很多医院都没有查到具体病因,只好这么痛着。

而去年过年时，他带着嫂子、两个孩子开车从武汉回家的路上，突然在车上昏迷晕倒。家人左等右等，好几个小时，都不见他们回来的踪影，打电话过去，那头两个孩子饿得直哭，嫂子一个人也不敢乱动。好不容易等他恢复过来，勉强开车到家，躺在床上又是一阵呕吐。让他去医院，他说不用，躺着休息一下就好了。父亲不知跑哪里去了，我在一边手足无措。母亲拿着抹布去擦他呕吐物的时候，他岳父赶过来看病情，看罢迅疾开车去乡村诊所把医生请过来诊治。母亲看着感慨，家里两个男人怎么都靠不住呢。我听了好生羞愧。

我还羞愧的是他给我展现的作为兄长的魄力。前些年，父亲在床上突然心脏跳动出了问题，他镇定地联系急救中心，安排车辆，分配每个人该找叔叔帮忙的去找叔叔，该先把乡村的医师请过来看如何应急救护的就去请医师。好不容易把父亲送到了医院，急救、挂号、交钱，一路下来都搞定了。而我却只能傻傻地沉浸在一种惊慌的情绪中，不知如何是好。

他淡定地在世间生活。十六岁离家，在上海的工厂做到技术主管，又辞职单干，承包从家乡到上海的运输业务，结果有一天下雪车子撞到了南京长江大桥。后卖了车，又去做其他生意，一路赔钱，债务累积几十万，竟然慢慢地都还清了。之后又开起了自己的公司，买房买车，一切如行云流水般达到了他奋斗的目标。我不知在这过程中他经历了什么，遇到那么大的困难之时，他是如何度过的。我们兄弟如此错开，走着不同的道路。偶尔我会到他居住的城市，他开车到火车站来接我，远远地在人群中见到他，头秃顶了，肚子也大了，还戴了眼镜，跟他少年时那英俊的模样差得真是太远了。

车子在坑坑洼洼的道路上行走，我们闲扯着。我忽然问他："你还有朋友吗？"他摇头。生意场上，他和曾经一起合伙的朋友们都一个个闹翻了，都是为了钱的事情。有些还有着十几年的交情。我想起曾经跟他的合伙人聊天，那合伙人说："你哥哥特别精明，每天都会把计划排得好好的。每一件事情，他都要考虑得仔仔细细，跟什么人说什么话，遇到突发情况该如何应对，他都事先考虑得非常周全。"后来，因为经营权的事情，两人分道扬镳。这里只有利益，不断让利生利。他面对着客户、老板、官员，一进一退，都了然于心。他没有一个真正的朋友了。"那如果你心里非常烦，又没有人说，该怎么办？"我问他。他回头看我，笑了起来："你们文人怎么这么多问题？"我没再追问，只是说："我希望你幸福。"他没有说话，车子的发动机嗡嗡地响着。

我不知道他怎么才幸福，他也不知道我怎么才幸福。我们虽为兄弟，却十分陌生。开车走在道路上，他和朋友开心地骂着刚学会开车的菜鸟，讨论着前后左右车子的性能、价位，又说起昨天会见的那位客户如何愚蠢。我不懂这些，我不可能跟他说我喜欢哪位作家，目前看的书怎么样，旅游的时候我看到如何好看的风景。我尝试过，他在电话那头沉默了半响，然后说你说的东西我都不懂啊。我们很少电话联系，他在他的城市，我在我的城市，我们唯一共同拥有的是乡村日益衰老的父母。他一打电话就说快给家里打电话啊，母亲出了小车祸，父亲在念叨你。

电话中他的声音很小，现实生活中他也几乎不言语。他好像满腔心事，而我们虽是亲人，却无人能知，只看他一个人在办公室一根接着一根抽烟。问他生意的事情，他就说还好；问他身体的事情，他也说挺好。说的时候，他脖子一扭一扭，显然是那里也在疼痛，我忍不住伸手帮他揉捏。

去医院的路上，经过他买的房子，我们在房子的天台上放了鞭炮。他静静地站在天台的围栏边上，默默地抽着烟，不知道在想着什么。他微微驼着的背宽厚结实，他的儿子们曾经调皮地骑在上面，他生重病的父亲和岳父也曾经背在上面，现在那里空空的。从他背后望去，城市的灯火稀稀疏疏，远处黑夜茫茫，汽笛声从江面微弱地传来。一挂鞭炮放完，他一瘸一拐地往楼下走："我们下去吧，我该跟你嫂子换班了。"

关于城市的乡愁

北京的细节 / 出走 / 关于城市的乡愁 / 房东与狗
看不见的小孩 / 健身记
南游记 / 冒牌福尔摩斯在旁观

北京的细节

走在胡同里,我以为能听到鸽哨声。槐树从胡同低矮的墙壁上伸出枝丫去,鸽群从树缝间的蓝天上滑过,"呜汪汪——"的鸽哨声终究没有响起。胡同像是迷宫一般,黄昏来临,胡同口的路灯亮起,昏黄的灯光下有小孩子骑车而过的叮当声。风浮浮掠过胡同两旁屋顶的草丛,丝瓜藤蔓兀自沿着灰墙攀爬到瓦上,有朵朵黄花绽放。我想这是熟悉的北京味道,日常、琐碎,又是从容地过活。清晨,睡眼惺忪的大妈拎着尿盆,慢搓搓地去公共厕所;巷子拐弯处师傅早炸好了油条,再来上一碗豆腐脑,就是一顿好早餐了;吃饭的人们,手头拿着香火,吃完就要拐上几条胡同去庙里烧香——庙会要开始了。

我想喜欢一个城市,是慢慢地融入到这个城市的细节中去的。初来北京,我惊讶地跟朋友说,这里好像有无穷无尽的好天气。自小在南方生长,雨天里密密的水珠弥漫在空间中,尤其是梅雨天潮湿溽热，连墙壁都渗出水来。然而北京却是一个接着一个晴天，瓦蓝的天空开阔地拉开，一切世间的事物都笼在清澄的天光中。行走在皇城根下，遥遥的白塔从碧绿丛林中托出，北海水波阳光碎碎，刹那间人都大气起来。

又或是坐着公交车，沿着平直的大道前行，售票员招呼着上下车的乘客。坐在你前头后头的老太老伯们，听他们说话是一种语言的享受。他们一口纯正的京腔，淘洗掉了年轻人说话时的那种油滑，又历经时光的沉淀，说起来爽朗蓬松，说起那家长里短，从从容容的，没有腌臜气。我还喜欢捕捉他们言谈中的用词，比如说那菜盐放多了，那白发老太一瘪嘴说："嘿！齁咸！"京话占着大家都听得懂的好运气，不像是吴语只能听其呢哝，不知道说的什么，少了好一份融入他们日常生活的乐趣。这份话的语言又被老舍他们记录在文字中，未来北京，已然熟知，身临其境，竟有他乡遇故知的感慨。

的确，老舍笔下活泛的北京城，已经不复存在了。高楼群立，马路经纬，无处不在翻新追赶一个国际都市的形象。有时候在上班的途中，眼见着车窗外的立交桥、公园、酒店，我恍惚觉得自己并非在北京。它可以是任何一个城市，可以置换，唯独从站名中依稀被提醒着这是北京。我并非北京人，我并不能知道我在走的这条街道有着怎样的变迁，那座叫着美丽名字的地方曾经是一座怎样的府邸。行走中，我想象自己浸泡在我不熟知的历史风尘中，眼目间是超市、银行、专卖店。老舍已去,老北京我未曾见过,新北京到了往后的数十载,是否也能激起后人的凭吊?

而我又确信日常生活从来不是可以轻易更新摧毁的,建筑从胡同的平面展开,不断膨胀,在街区上方的高空树立,小小的街角菜市场聚集成大型超市,外在的空间变化中,日子依旧是那样过下去,它像是千年不散的魂,在规划分明的朗朗华街边岔上依旧蜿蜒生长。遛鸟的大爷们,在北海边唱戏的阿姨们,在槐树下慢慢行走的大婶们,他们把步子调得慢慢的,从他们身边掠过的是我们这些外来的人,步伐匆匆,从路边买上一份煎饼,赶地铁,挤公交,仿佛两种不同的人生在交织。老舍的八旗子弟,不知安在否?叶广芩的豆汁,不知还有叫卖否?在拥挤的公交车上,我从人丛中透过车窗,远远地看见那马路边的墙壁上,阳光铺开,槐树曲折的枝影疏疏落落地摇移。

出走

很抱歉，迟了两天才给你回信。你的信我早就看完了，一时间心中有很多感触不知怎么说出来。几年前我也跟你一样，刚刚大学毕业。那时候找工作找到最后，如果别人能让我去扫地我都愿意。后来终于在一家广告公司找到了一份月薪六百元的工作，我高兴得买了一袋平时舍不得买的香蕉，一路沉浸在兴奋的情绪中，后来这袋香蕉没吃完就被我遗忘在公交车上了。我读的是普通的院校，因为学费没有缴清，也没有拿到毕业证。读书的这个城市也是普通的小城市，在这里我工作上班，每天都想着省钱，否则吃饭会成问题。因此我特别理解你现在的境况。你在这样的小地方，不喜欢自己的工作，也没有可以交流的朋友，每日都带着一种郁结的心情上班。似乎前途也是渺茫，不知道该怎么走。这我都经历过。

今年的某一天，我坐在青岛海边的一个酒屋前，打电话给一位朋友。因为她的一句话,让我后来的人生有了突破性的转折。那是我工作后的第二年,我参加一个培训,那时候我坐在她的车子里。我们相互聊着。我告诉她我在这两年的感受,她一边开着车一边说:"如果我是你,这么年轻,就会到外面好好闯荡一番。"这是一句很实际的话,当时我正处于一种不满自己现状的情况,可是一想到要离开就开始摸摸自己干瘪的钱包和对未知前途的担忧。她的一句话,突然给了我非常大的信心。我想着我不能这样下去了,每个月几百块的工资,欠了一屁股的债,工作爱情都不顺利,是该出去闯荡了。她万万没想到,她自己早就忘记这句话了。

从那个小城市离开,我去了大城市,几次被炒鱿鱼,生活一度拮据到每天只能吃馒头的地步,债台高垒,可是很奇怪,心态却非常平和。因为我想有一个信念在支撑我:相信时间,时间会让一切改变。更深层的是:日子会越来越好。因此我对于目前的状况就都能忍受了。何况生活不只是生存这一件事情,还有很多细碎的看似无用的东西,那些城中村的小贩,各路的打工仔,为人世增添了各种纷繁。生存问题不是尖锐到非得要一个劲儿钻进去,须得有两个我,一个我是在生活中挨踢生病受饿,一个我是脱离了肉身,在高处看着你以及和你一样的芸芸众生。这样在自己内心有了个缓冲带。我不只是我,我还是作为观察者的我。

或许我有些悲观,那不如悲观到底地想着,人生忙来忙去，争来争去，到最后还不都是一堆白骨吗？特别是在内心特别计较、特别纠结的时候，我往往会如此作想。一切终将在时光的洪流中逝去，一切都是浮光泡影。因此心莫名地平静下来，只觉得在这个世上有了些心态宽松时候才可喜的时刻。常常走在路上，看到金黄的银杏树叶，或者过马路的时候一位老太太因为紧张抓住你的手，都会觉得分外感动。那些终究归于无的想法，让我内心时常倦怠于那些争吵辩论。相反我喜欢这种世间的人间烟火，那些鸡飞狗跳、鸡零狗碎的热腾腾生活才有意思。

当然，我最害怕的是孤独。我常想起了当一天下班回来，推开租房的小门，那种刺痛眼睛的空洞。最初的时候，我总是害怕回去。特别是到了快下班的时候，我就分外害怕。回到租房，我就没人说话了，连书都看不进去，租房四周的人我都不认识。这整个大城市的人我都不认识。我尽管生活在这里，可是我从来不知道他们本地人的日常生活是怎样的。走在大街上，坐在饭馆里，我与他们都是隔绝的。放假的时候，我就一个人坐在那里，一整天都没开口说话。我就整理杂物，在本子上乱涂乱写，在网吧上网，然后期待快快上班快快上班。而真正的家乡我也回不去了。与自己的亲人，无法言说你在外面的生活。回到家中，沉闷的乡村生活，纠缠的人际关系，没有你想要的图书馆、网络、交通，你开始想念城市生活。这种两无着落的生活状态，是我孤独的背景。

然而，我依旧相信时间。短短几年，我现在的生活是几年前无法想象的，那么我以后的生活更是现在无法想象的。我没有想过我要过怎样的生活，因为我不喜欢设定前景。我相信我就这样随着时间而走，走到哪里是哪里，因为那是其中的一个我，生活中肉身的我。而另外一个我，在用笔记录着这个世界。

写得比较乱，见谅。

关于城市的乡愁

我时常接到来自不同城市的电话,电话那头的曾经是我的同学、同事,除了相互问一声过得怎么样,能聊的都是共处时的事情。这些事情发生在不同的城市、街道、居所,当时的我与当时的他们,成为无话不谈的好友。现在跟他们通话,心中忽然起了一层焦躁感:我已经记不得这位好友的名字了。他提到的我们曾经认识的人,我也都不记得了。他仿佛在我记忆的迷雾中,影影绰绰地能看出些过往的轮廓,细节却早已漫漶。我依旧是我,肉身一路从时空中被携带至今,而他,还有他们,都已经遗留在远方。

对于昔日好友名字的遗忘,我才发现牢固的人生何其虚妄。我能记得相处的点滴:从菜市场买好蔬菜和肉食,去他的宿舍做饭,再邀请其他同事,洗菜的洗菜,做饭的做饭,搬桌子的搬桌子,头顶的风扇吱吱嘎嘎地吹着,窗外传来运河的汽船声。这样的场景里，我记得啤酒的苦味，碟子的叮当，蚊子的叮咬。我还记得更多地在其他的城市里，我也认识另外一些人，我们在咖啡馆里聊天，玻璃窗外下着雪，我们的水杯里茶香四溢。我们在一起都是快乐的，相互说话玩耍，这样的场景至少在那一刻我觉得是永恒的，可以一而再、再而三地重现。我们走在夜晚的街道上，一起唱歌，一起大笑，彼此亲密无间。生活会一如既往，世界会一成不变。直到有一天发现工作真的不好，吃饭真的成问题，这个城市不能立足了，此时我只有离开。

走出火车站，拎着行李包，我常常要在天桥站上片刻，好好打量这个新的城市，车流人流，楼群鸟群，湿润或干燥的空气，交杂的气味——这个城市我要住下来，这里没有一个人是我认识的，没有一条街道是我熟悉的，我要从一片混沌中逐渐开辟出新的世界来，一个个人从混沌中跳出走来，成为我的同事、朋友、房东、上司；一个个场所从混沌中展开，成为我人生新的事件现场。而现在，这一切都即将开始还未开始之时，我可以停留片刻，仿佛是在过去与未来的交界处，心如飞鸟，无枝可依。

经过一番新的适应，陌生的都已然熟识，每日坐地铁去上班，从东边的菜市场买菜，到西边的剧院看戏，又一轮的友人结识。生活笃定，模式重复。坐在沙发上，倦怠地看着书，忽然会涌上类似乡愁的滋味来——"乡"非故乡，而是那些我曾经生活过如今再难回去的城市。有一阵子我特别馋襄阳中原路上一家小面馆的牛杂面，热腾腾的碱面浇上牛油，撒上些葱花，再来个卤鸡蛋、卤豆干，说起来就忍不住口舌生津；另外一个时候，我的腿特别想踏上自行车，沿着苏州三香路的街道上骑上一遭，灯光从香樟树的缝隙中落下，骑过了几座桥，就到了狮山桥了；还有的时候，我闭上眼睛，想着我正走在青岛的老城里，沿着德国风情街一路去中山路，再往前走，便是大海，远远的天空处有一轮隐约的月亮。

这些念想时而分离，独自给予我对于曾经在那个城市一个完整的回忆；时而交融在一起，生出一蓬复杂的惆怅情绪来。我未能从这些住过的城市带走过任何东西，只留存记忆。那些昔日的友人们也离开了，相互之间也失去了联络，他们又一个个从清晰的形象回归到混沌中去；我走过的那些街道，住过的房间，吃过的饭馆，也复归于迷蒙之中。我不敢确定我会在这个城市立足多长时间，也不能想象我未来会到哪个地方去。那么我在这个城市暂时拥有的，终将失去。我只能携带我自己的肉身继续从时空中穿行，乡愁稍后如约而至。

房东与狗

我想念房东，自从来到北京，我从来都没有见过房东。我好不辛苦地在电线杆上、网页上、垃圾桶上寻找房东，房东从来都没有出现过。我刚一招手喊了一声："房东，你在哪里？"齐刷刷冲到我面前的都是中介，他们隔在我跟房东之间，我用手扒拉一波中介走，又一波中介涌上来。

来北京之前，我怎么可能怀念房东呢？切！那时候在西安城中村，遍地是房东。房东在自家的屋子基础上加盖扩展十来间房子，租给我们这些上班族、大学生、农民工，房租不贵，一百多一点，厕所不多，楼上楼下共用一间。房东不用工作，也能赚得满满。他们住在一楼的主卧里，到时间催各家交房租。那时我正被某公司踢掉，囊中空空，一天吃一顿是常有的，至于房租自是拖欠的了。房租拖欠了三天，房东老太太在我偷偷想跑上楼的瞬间逮住我，"你什么意思？"我低头碾地上一只被谁丢下的烟头："我明天给你。"老太太上下打量我："说好明天了，不交的话你直接走人。"说完走开。我暗自松了口气，跑上楼，楼顶的中央有一个狗笼子，房东养的狼狗见我上来，又是一番吼叫，虽然我已经搬进来住了一个月了。

钱从哪里来呢？才在一家礼品公司上了一个星期班，见老板颇为混账，见机跳到另外一家礼品公司，那公司新旧两拨人内斗严重，结果我成了一枚炮灰被开掉，钱自然是没有攒下。怯生生往家里打电话，跟母亲刚在电话里聊了几句，说我在西安还在找工作，还没有提到钱的事情，母亲忽然在电话那头叹气："家里没有钱啊。"那时父亲中风不多久，大学学费已把家底掏空——我是知道家里情况的，我连忙说："我不缺钱的。"挂上电话，我又往哥哥那里打电话，我想哥哥既然是做生意的，几百块钱总归是有的吧，电话中哥哥声音迟疑了一会儿："我这边钱有点转不开。"想想那时候他做生意总是亏本，没有现钱想必是也很困难吧，我又连忙说："没事的，我再想想办法好了。"挂上电话，走出电话亭，我站在城中村的巷口，路灯昏黄，街边的大排档正热火朝天地开着，远远的大街上车流人流滔滔。

第二天，我从人才市场投完简历回来，走进大门，我心里还怦怦跳着，生怕碰见老太太，她要是质问起来，我真不知道怎么面对。谁知没有，老太太的房门安静地锁着，我心生欢喜蹦上楼，狼狗就拴在我的房门边。我还没走进，那有半人高的狼狗便要扑将过来，铁链子挣得嘎嘎响，我吓得往后退，"阿姨，能不能把你们的狗牵走啊！"我头探向天井，叫了好几声，老太太慢悠悠地从门口走出，她仰着头看我，手上拿着正在织的毛线衣："你什么时候把房租交了，我就牵走。"太过分了！就你那破房子根本没法住，窗户碎掉了几块玻璃，租来的时候用几块板子遮着，冬天的风往里灌，晚上冻醒，正好看星星；就你那卫生间连门都关不住，上个厕所还要分出一只脚来抵住厕所门；就你那房间里的床还是快散架的，翻个身吱嘎吱嘎响，隔壁透过不隔音的墙，会产生不自觉的联想。我奔下楼，来到老太太边上，气鼓鼓地说："我现在就走，你把狗牵走！"老太太依旧不紧不慢地织着毛衣，"哪里这么容易，你这几天难不成白住的？"

我走在城中村污水横流的巷道上，一只老鼠吱吱从我脚下噌地跑过去。我突然想起来一天都还没有吃饭，摸摸口袋里只剩下五十三块七毛，还要顶到找到工作为止。可是工作什么时候找到呢？大学毕业证，因为学费没有交清，也未能拿到；工作经验也没有，这个城市也没有一个朋友和熟人。家里也不可以给我打钱来……馒头铺的大馒头真香！那个店里坐着的胖女人呼噜噜地喝着胡辣汤，真好喝！我默念着一句话：什么事情都会过去的，一切交给时间好了。隐隐地仿佛是脚踩在棉花上，人轻飘飘地浮在空中。从天上看，城中村在城市中，城市在山谷中，山谷在风中，风在我手中。让这些操蛋的事情都随风去吧。晚上买了一个馒头和一罐辣酱,凑合吃了,天气冷就去了网吧歪在椅子上胡乱地打发了一晚上。

我翻了电话中的通讯录,扒拉来扒拉去都下不定决心向哪位借钱。打给一位大学时期玩得好的女生,跟她寒暄了几句,她突然问:"你是不是没钱了?"我支支吾吾地应着,那边又问了一句:"你需要多少?"我说五百吧。"五百不够吧?我给你打八百吧!"日后我们在外地相见,我说起当时听到她说打八百过来的时候,当即鼻子酸了的情景,她摇摇头说:"我都不记得了。"我记得——我心里回了一句。我记得冲到银行取钱的时候,如重生一般,拿着钱跑到面馆里喝上一个星期以来第一碗热烫的面汤,还来了一海碗油泼面加一个鸡蛋。打着饱嗝走在路上,走路底气也足了,把钱交给老太太也不再低眉顺眼了。老太太把几张钱数了几遍,看了看我,又数了一遍,才上楼把狗给牵走。那狼狗在我门前撒的一泡狗屎,她也懒得收拾了。

看不见的小孩

房东小孩对我来说一直是声音的存在。我见过房东的媳妇、爸爸，每天我回来的时候，他媳妇在厨房做饭，爸爸在大厅里看电视，我关上我的房门，他们的声音依旧能穿墙而过。嚓嚓的走路声，刷锅的洗涮声，电视的嗡嗡声，这些声音我都能想象出画面来。我在自己的小房间里躺在床上，他们的日常细流在墙壁之外平缓地流淌。此时，我的耳朵里捕捉到脚搓地板的碎跑声，这声音不同于之前听到的那些声音，它轻灵活泼地在我门外蹦跶，然后我听到房东媳妇的声音："别跑，快洗澡！"或者是爷爷的声音："你作业做完了？"于是小孩的声音就传来了："我要吃冰淇淋！"这声音嫩嫩脆脆的，像是刚从土里钻出的小笋。

我在这家住着有一段时间了，这个小孩的声音时不时会或远或近地在我耳畔响起，可是我一次也没有见过他。开门去卫生间洗漱，到厨房冰箱拿饮料，拿衣服到洗衣机房，小孩子此时都像不存在了一样，没有走动和说话的声音，一旦我关上房门，时不时那声音又传来了，像总是趁着我酣睡之时拿着小软毛撩拨我的调皮蛋。他有多大？多高？是胖？是瘦？声音只能单维度盘绕耳边，不能浇铸出一个立体的形象来。他的爸爸妈妈看起来只有三十岁出头，那他的年龄可能是五六岁，那他长得像他爸爸还是妈妈，还是两者都像？房东倒是跟他爸爸非常像，那这个小孩会不会也很像他爸爸呢？我在房间里努力构想这个小孩的容貌。我离他如此之近，就隔了一个客厅再加一堵墙壁，他可能正睡在他爸爸妈妈中间。但是我们对于对方都是无肉体性的存在。

他知道我这个人吗？他的耳朵里有没有接收到我身体动作发出的声音呢？我收到过房东的短信，让我晚上起来上卫生间的时候声音小点，那么是不是因为我过大的动作声，惊扰了这位孩子的睡眠呢？那他应该知道我的存在——深夜中外面的客厅里回荡着一个陌生人的脚步声，他估计是害怕的，他的身体因而紧张地绷紧，小手抓住妈妈的睡衣。他会问他的爸妈这里住着个什么人？爸妈说是啊住着一位叔叔。那我能不能见这个叔叔呢？他会不会问这个问题？我觉得会的。在房间里看书的时候，我听到那熟悉的小孩奔走声，越来越近，停在我的门外，随即我听到小小的敲门声。我站起，正待去开门，忽听他妈妈的声音："不要乱敲人家的门！快回来！"我又坐下了，听着孩子走远的脚步声，今天他该是穿着小拖鞋吧，鞋面拍打脚底的声音，啪啪。

我们总在错过。他应该也有在客厅玩耍的时候，那时候我在外面散步；他早上上学的时候，我还在睡梦中。我们像曲线与数轴的关系，无限趋近又永不相交。而他的小人书落在客厅的沙发上，冰箱上还有他贴的喜羊羊图贴，卫生间里有他的一条粉绿色的小毛巾。这些都围绕着他的身体而成为有用之物。他存在，但是我不在。这套房子，对我而言成了他的蛹。每当我进来的时候，他都如蛾一般飞走。我对他而言，是否也如此呢？

有时我下班回来，楼下一群孩子在花坛边玩耍，几个男孩蹲在地上看蚂蚁爬动。我想这群男孩中是否有他？是那个穿着鹅黄色长袖衫的小胖子，还是那个剃成光头垂着鼻涕的小子？他们轰地一下跑开，沿着小区的环形水泥路洒落他们的童声。这些声音没有我熟悉的那一个，或者说这些童声听起来没有辨识度，无法从一群中择出一个来。他在这群小孩中间，也可能不在。我之所以坚信他的存在，是因为之前我所观察到的？我甚至有些恍惚起来：这个小孩是不是真的存在呢？他会不会是我幻听的产物？反之，他如果在意过我这个从未谋面的叔叔，他会不会也觉得这是个幻觉？我们的眼中共同拥有一个房屋的视觉图像，我们却不在对方的眼中。

如果我们真的碰见了，会怎样呢？他会瞟我几眼，又跑到卧室里去看动画片；而我会装作无视他，继续我手头的事情。好了，就是他了，也仅仅是他了，身高、相貌、穿着、动作、姿态，都是毫无疑问的确定。罩在他身上的无限可能性，一下子被一个具体的肉身给锁定了。强劲的存在之光驱散了谜一般无处不在的雾。而他奔向卧室的时候，脑中飞出一个念头：哦，原来这就是那个声音很大的叔叔啊，不是灰太狼。

健身记

上班前照了照镜子,发现一个胖子霸占着镜面。我低头,那胖子也低头;我侧脸,那胖子也侧脸;我怒了,那胖子竟然也怒了!我看着这个胖子,两颊痴肥,下巴叠层,肚子微凸,呈现出一副中年猥琐大叔的神态——这货怎么会是我呢!我扭头坚决地不肯承认这个现实,那胖子果断地扭头表示赞同。在家磨蹭太久,上班都快迟到了,一路穿小径抄近路,把慢悠悠散步的老人们一个个甩到身后,本来独自走着没留意,偏有一大妈后来居上与我同行,我走快她也走快,两人并走总觉得怪怪的,我又加快步伐,大妈小腿儿甩开了往前迈,走到下一个分岔口,大妈笑眯眯等在那里,把腿搁在花坛上用手捶着:"小伙子啊,你体力不行啊!"我咧嘴笑了一下,夺路而逃。

回望我过去的人生,我曾经是苗条的、上相的,朋友拿着我过去的相片摆在自己的案头,就是铁证。这个事情我一定告诉所有毫不留情说我胖的家伙们。朋友点头表示赞同，然后拍拍我的肩头说道："别误会，我其实是想拿来激励自己的。"对于此事，我就不予评论了。真相是残酷的，当我怀抱一颗破碎的心走在马路上，三十分钟的路程，让我走得山高水低、气喘吁吁，我终于意识到了十来年不运动的后果了。忽然如火山爆发一般，从我心中奔涌出一股万丈豪情：我要锻炼！我要成为一个健步如飞肩能挑背能扛的瘦子，我要成为一个腹部有八块肌肉穿西装倒三角的型男。我望着未来的自己走在金光大道上，点了点我的双下巴。

那我怎样开始我的健身计划呢？最经济的当是跑步。每当清晨阳光如小鸡绒毛一般洒下，公园的环路上有我奔跑的矫健身影。跑步鞋落下又弹起，草地上的露珠也为之滴落。奔跑吧，少年。奔跑吧，型男。奔跑吧，我的心似擂鼓，气如喘牛。那换成跳绳好了，可以增加我的弹跳能力，还能预防诸如糖尿病、关节炎、肥胖症、骨质疏松、高血压、肌肉萎缩、高血脂、失眠症、抑郁症等多种症病。弹跳吧，少年。弹跳吧，型男。弹得我浑身肥肉如波浪般翻滚，跳得我走路打战牙齿紧绷。

正当我抓狂之时，耳边传来公园喧嚣的锻炼声。公园永远是大爷大妈的宝地，且见东边腰鼓声声脆，西边秧歌舞得欢，中间跳着"十六步"，南边树下练宝剑，最热闹的还是北边的灯光广场上，大妈们排成六排，跳着健身舞，跨步甩臂，扭腰摆臀，低头转身，跳到兴致处齐喊："健康生活，美丽人生！"啪啪，啪啪，啪啪啪。"精彩无限，活力无限！"啪啪，啪啪，啪啪啪。领头的阿姨弯腰下蹲，屈肘侧举，一招一式，力道十足，挑染的栗色波浪小卷，匀称得显出腰身的姣好身材。如果单看背面，还以为是一位年轻的小姑娘呢。这个场景充满了正能量，我看到了奋斗的方向。

下一个清晨我跑了一圈，慢慢绕到了公园的北边，偷眼看那队伍已经开始了锻炼。领头阿姨正带领大家做扩胸活动，趁着她们低头含胸之时，我鼠窜到队伍最后依着她们的动作葫芦画瓢。还好，无人注意有我存在。音响里传出："跳起来！"我就跳起来。"扭起来！"我就扭起来。"平腹收腰！"我就费力地绷住我的小小将军肚。我身后就是公园的环路，晨跑的人们嗖嗖地从我的身后掠过。我感觉我的后脑勺火烧火辣的，我都能感觉到他们吃惊的样子。尤其是大妈们扭起她们的臀部，我踌躇着是扭呢还是等到下一个动作？可是跳着跳着，骨头活动开了，血液活络了，身上微微出了点小汗，身子也跟着活泼起来，又不累又能活动开，我就选定这个了。

去了一两次，她们还未在意，就像那偶尔也来凑热闹的大爷，随着环路散步至此，也扭扭捏捏地缀在一个角落蹦跶。见有除我以外的男性加入，我简直视之为亲人。虽则我脸皮颇厚，也禁不住寂寞。那大爷伸、展、屈、振、绕、转、跳，一个不落地都慢半拍，逢着要甩开膀子用力时，都僵直地树在那里，跟前头活力无限的大妈形成了鲜明的反差。我心中对大爷默念：再不锻炼，多年后我就成了你。来，屁股扭起来！来，胳膊甩起来！大爷在大妈响亮的口号声中，在路人异样的注目中，默默退到环路上。我又成了孤家寡男，躲在广场边上的松树下跟练。

谁曾想健身操还有后转身的动作，领头阿姨一声令下，队伍集体唰地一下转过身来，还没有反应过来，我就成了众人目光的焦点。来，屁股再扭起来！我脑门细汗一下子冒出来，当着这些大妈的面，叫我怎么做得出来！来，一哒哒，二哒哒，三哒哒。"小伙子啊！要用腰上的劲儿扭。"我后头的大妈脆生生地嚷道。我回头看，大妈正盈盈地冲我笑。我忙不迭地点头。跳完操后顶着一脑门的汗正待沿着环路回去，与我并行的另外一位大妈搭话："昨儿怎么没见你来呀？"我心里一惊：原来她们早就知道我的存在了！我嗫嗫地答说自己出差没来成。大妈连珠炮地又反问在哪里出差？做什么工作？结婚没有啊？有女朋友没有啊？一路作答一路紧攥才跟得上大妈，正心想着这样问下来她是不是要把她家的哪位亲戚家闺女介绍给我，这样又健了身又解决了个人问题，岂不是一举两得？谁知才想着，她已经甩开大脚跑起步来了。

健身一周后，我隐约觉得自己瘦了一点，腰上还是脸上，摸起来都似乎有那么一点儿削下去。吃饭的时候我也不顾忌了，老板，红烧肉！炖猪蹄！外带两碗米饭，盛满！怕什么，明天反正会锻炼的,脂肪嘛,都会给消化掉的。同事也遭到我盘问:"有没有感觉我瘦了一点?"同事冲我上下打量一番:"呃,好像是有一点儿……"我立马接过话头:"我说就是嘛!"生怕她中途话锋一转。带着美好的心情去火车站接我久未谋面的好友,乍一相见,还来不及互道寒暄,他脱口而出:"啊,你真的变成了一个胖子了!"说着手拍拍我的下巴:"双层的!"又拍拍我的肚子:"将军肚!"从悲愤中挣扎出来,转眼看他居然从当年的帅哥变成了一个胖子,我心中顿时平衡了:"切,笑我!给我一年时间,让大妈还你一个健美型男!"

南游记

1990年2月,我们决定去广州探亲,彼时二舅在广州做国际航班的飞行员。能够去大城市玩一趟,对我们这些从未出过远门的乡下人来说,兴奋之情自不用提。我们一家、大舅一家、姨妈一家聚在一起,商量好要带的各种乡间土特产,路上要备用的吃食、毛毯、水壶后,各自回家准备去了。我们谁也没有料到即将发生的事情。

今天如果从老家出发去广州,可以选择坐京九线慢车,路上需花费二十多个小时;也可以坐长途汽车走三个小时的高速公路去武汉,再搭动车,几个小时就能到。那个时候却是非常麻烦的,京九线还不存在,高速公路也没有,我们只能先坐船去武汉。我记得我们三家坐着乡村的公交车到市区的港口,一进门乌泱泱的都是扛着大包小包的人群,他们人人手上拿着长方形的船票,冲着站在台上子的检票员高喊着。我六岁,身高才到我爸爸腰间，我不知道大人是怎么突破肉林，把我带到船上去的。我只记得沿着通往船舱的甲板，爸爸妈妈急急地牵着我的手，夜晚冷森森的江风裹着我们的身体。

船舱里上下铺都睡满了人，有的床上还挤了两个人，我第一次见到灯管里能绽放出如此雪白的光芒来。爸爸、妈妈带着我挤着一张床睡，睡前我要撒尿，爸爸妈妈又抱着我下来。我们来到甲板上，黑沉沉的江面能听到船桨搅动江水的哗哗声，对岸隐隐几粒灯火闪烁。爸爸说到黄石了。我们的早饭也是在船上吃的，白色泡沫饭盒和一次性筷子都是第一次见到，吃的面条因着新鲜也觉得很好吃。中午，白茫茫的江面上，船往江中的另外一只船靠拢，我们都心里惴惴然，担心两只庞大的铁屋都给撞翻。两船贴近，甲板搭起来，工作人员催着我们换到另外一艘船上去。这艘船带着我们去了武汉，我们站在甲板上看到巍然的武汉长江大桥。从老家去武汉，我们花了一天一夜的时间，现在只需要三个小时就到了。

到了武汉，我们才发现买火车票是这么艰难的一件事情。去广州的票，无论是卧铺、坐票、站票都卖光了。我们只好等，坐在武昌火车站的广场上，我们中间的大人轮班去售票口等。妈妈把被子裹在我身上，以抵挡夜晚寒冷的风。我真不知道他们都是怎么熬过那个滴水成冰的晚上的。在等车票的漫长时间里，我们决定去逛逛武汉城。二十多年后，经过武昌长江大桥附近的首义门时，我忽然浮现出六岁的时候，父母带着我去火车站的场景。我记得经过一家儿童游乐场，那些城里的孩子坐在盘旋的飞机模型里玩耍；高高的桥墩上一列火车轰隆隆地开过去，我们驻足抬头观看，那猛的一声汽笛声吓了我们一跳；玩了一圈后，我们沿着长江大桥从一头走到另一头，桥下浑浊的江水从这里流到了我的家门口。

两天后，我们终于买到了车票，是春运期间的临挂。我们谁也不会想到碰到那样的事情，能不在广场上挨冻挨饿就不错了。坐在候车厅，不断有缺胳膊断腿的小孩过来乞讨。他们穿着破烂的衣服，一只手臂的位置是空荡荡的袖管，一只手伸向我们。我们自己都饿得要死，没有什么能给他的。火车还是绿皮火车，到广州还得三天两夜。我只是一个小孩，没有卧铺对我来说毫无影响，我打横睡在爸爸妈妈的腿上就够了。火车慢慢地开，边上的火车嗖的一下子就过去了，而它还是悠悠缓缓地咚嘎咚嘎走。

白天还是平安无事的，虽然车厢里挤满了人，各自有各自打发时间的办法。我坚称坐在我对面的人都是外国人，因为他们说着一口我听不懂的语言。那是第一次听到家乡话之外的方言。到了晚上大家浑浑噩噩想睡觉的当口，忽然听到后头一阵喧闹。一群肩上扛着纸箱的男人，向车上的乘客推销东西。事后，听妈妈讲，他们卖的东西，一瓶水都要十块钱，一包小吃也要好几十，那时十块都算是大钱了，哪里能这么点东西就要这么贵呢！但是，你必须买，一定买，不买也可以，把钱掏出来给他们，不给的一耳光扇过来。

那些男人个个身强力壮的，好些乘客见如此只好认倒霉，掏钱消灾。而我记得的场景是：那帮男人中的一个人问一位年轻的男乘客："你买不买？"男乘客摇头，啪的一个耳光扇过去；又问："你买不买？"男乘客还是摇头，又是一个耳光。两个人就这样犟上了，也不知道那男乘客挨了多少耳光。那时我觉得新奇，不理解这样的场景大家为什么都这样沉默。我要探头看，妈妈紧紧按住我，用眼神警告我不要乱动乱说话。她惊恐的表情把我给镇住了。后面那卖东西的人到了我表哥这里。事后我听妈妈说，表哥假装睡着了，那男人怎么摇他他都不睁眼，妈妈吓得大气不敢喘。还好，那男人又去找下一个目标。

我们一家、大表哥是一个车厢，大舅和姨妈他们在另外一个车厢。事后说起来，只有我们这个临时车厢发生了这样的事情，连乘务员和车警都不敢管。那些打人的男人们，就是日后我才知道的所谓的"车霸"，谁也不敢惹。从广州探亲回来后的十几年，到上大学之前，我再也没有坐过火车了。等我再坐火车时，绿皮火车被红皮火车取代，连带着那彪悍的车霸，沉默倔强的男乘客，响亮的耳光，都消逝在新的旅途之中了。

十八岁的时候第一次去上海，哥哥从宝山区过来接我。我们坐在出租车里，窗外的高架桥、路灯、绿化带，都罩着昏黄色的光线中。我蓦然想起这是我这些年来第二次坐出租车，第一次则是十二年前在广州。广州火车站没有人来接我们，爸爸和妈妈站在月台上,在纷纷下车的人流中呼喊着大舅、姨妈他们的名字。那是深夜,抬头看广州的上空,是焦糖状的黄光弥漫。

好容易聚齐了人,我们出了火车站。十八岁的表哥找到一家公用电话,给二舅打电话。说起在火车上碰到的车霸,大家依旧感觉后怕。等到二舅后,我们坐着出租车去他的家。我们一家坐出租车的后座上,一上午车厢内那古怪的气味,立马使人想吐。然而车座上干净洁白的坐垫,让我觉得很舒适。

后面怎么到了他的家,怎么打地铺,怎么睡不着觉忍不住在他家的房间看那玻璃柜子的海螺,都不提。唯有记得第一眼看到他家客厅的竹床上,放满了各式各样包装鲜艳的零食。这是我最羡慕的地方,那该是给我的表哥,二舅的儿子吃的。我很想去拿,妈妈制止了我。睡觉前洗澡,妈妈给我脱光衣服,蹲在卫生间莲蓬头下给我搓洗。二舅娘一直靠在卫生间的门框上,盯着我们。裸着身子的我,看看她,又看看妈妈。我小声地对妈妈说让她走开。妈妈抬头说:"二姐,你早点去休息吧。"二舅娘依旧不动。日后,我终于明白,她是担心我们用坏了她的东西吧。她对我们这些乡下来的穷亲戚一直不大热情。我们送给他们的母鸡,二舅娘一看到就说拿到外面去拿到外面去,还不知道有没有消毒呢,她只要我们自己产的黑芝麻和花生。

二舅是我们家族的传奇人物。他读书的时候,正好赶上了各种运动，小学勉强毕业，后来去参军，因着身体素质极好，当上了空军。后面的故事是听妈妈说的，说是在部队上，被司令员看中了，很喜欢他，就把自己的女儿介绍给了他。大人说了一个颇为知音体的细节，二舅对当空姐的司令员女儿说："我家里很穷，我也没有钱。"司令员女儿说："我不在乎，我喜欢的是你。"两人就这样结了婚生了子，二舅也当上了飞行员。这在我们农村绝对算是成功跳出农门的典范了。他们的收入非常可观，而在农村的我们时常处于拮据的境地，都是二舅一次次给我们支援，如此想必二舅娘也算是烦透了我们吧。

二舅带着我们去了他们的白云机场，去了广州动物园，去了国际展览中心，此间的感受我曾经在另外一篇文字写过：当我置身于城市，我的"第一次"从我的瞳仁、味蕾、耳膜到手掌纷沓而至。出租车、街道、红绿灯、绿化带、喷泉、广场、零食、矿泉水、公交车、金鱼、动物园、社区、单元房、口红、自动移门、警察、孔雀、路灯……这一切还没有来得及命名，就一下子涌入到我的感官世界中来。我全身心浸入到一种全新的"第一次"中。我只笼统地知道好高的楼，好难喝的水，好亮的灯，好多的人，我还无法像在我的村庄那样全无挂碍地精确地分辨出我家跟隔壁家的母鸡。这样闯进骤然降临的全新世界，我还来不及建立起相应的认知体系。我只能昏头昏脑地陷入一种陌生感和兴奋感交织的模糊情绪中。

日后，他们提起我的窘事是我不肯去卫生间大号，却偏偏要在卫生间外面解决，大人怎么说我都不肯进去。因为我在乡间就是随便蹲在地上搞定的。他们说是二舅拿着纸把我的秽物送到卫生间冲掉的。这个我真是一点印象都没有。还有一次是等着他们上卫生间，我一个人在广场上，此时从女厕所出来一个真正的外国女人。她有着金黄色的头发和透明的眼睛，见到我她低下头跟我说话。我一句话也听不懂，吓得赶紧跑到一边，见她离开才敢回到原处。

我们在广州待了四天，妈妈说在乡下的哥哥马上要开学了，得赶紧回去，实际上是怕打扰二舅太久。二舅挽留不住，只好给我们买好了回去的火车票。临走时，二舅家又拿出一堆不用的旧衣服和各种玩具，让我们带回去。我们又是大包小包地坐上了火车。二舅说这次你们不用担心碰上车霸，因为这是正规的车子，你们上次坐的是临时车，自然是乱的。火车经过湖南的时候，妈妈指着车窗外面的村庄，问我哪一个像我们家的房子，我指着其中一栋。我们花了五天的时间去了广州，又花了三天的时候回到了家。出了家乡的车站，在一家小面馆等车时，外面下着瓢泼大雨，雨脚纷杳，溅湿了我们的裤脚。我们忍着饥饿，一直在等着等着。二十多年过去了，那场大雨仿佛依旧下个不停。

冒牌福尔摩斯在旁观

我常常坐在朋友们的房间中，细细地看着这些默默不语的物件——靠墙的衣柜里挂着的果绿色羽绒服，放在床头柜的护手霜、啫喱水，垃圾篓里的纸片、果皮，它们摆放的位子、呈现的样态，它们的色彩、形状、大小，想象朋友当初如何选择购买它们，又是如何拿到这个房间后使用它们，譬如那床头柜靠床的一头有一瓶护肤乳，隔着一个玻璃杯，又放着另外一瓶不同牌子的护肤乳，那她怎么会有两瓶护肤乳呢？是一瓶用完了放在那里，又去买了另外一瓶？还是嫌前面一瓶不好用，所以才买了另外一个牌子的？还是只是用完了，到超市随便选了一瓶来用？它们就在那里放着，与其主人发生着具体而私密的联系。作为旁观者的我，只能揣测。

此时我又看朋友的衬衣上有一个小墨点，这又是为什么呢？我可以询问她。她会说这是有一次用钢笔时，不小心把墨水甩到了上面。这个好奇心得到满足，然后我再追问：为什么要用钢笔呢，现在不都是用电脑吗？她会说她喜欢钢笔写字的感觉。我的问题又来了：那是怎样的感觉？她说用钢笔写字时，笔尖在纸上沙沙的滑动，会让自己的心安静下来。当然这只是我的设想，她也会有其他的回答。在这样的追问中，仿佛是贸贸然闯进这个人的内心。我反问我自己为什么像是福尔摩斯一样盯着一截烟火，或一缕金黄头发，去试着探究在这个细小的物件上蕴含的关于人的什么信息，或许我是想由这些小细节勾引出的小问题，去触碰一个没什么来由的大问题：在我眼前的这个人，究竟是怎样的个体呢？

世间上的人太多太多，她们都是我们自己生活的人肉背景，来去匆匆，面貌模糊，随聚随散，平淡无奇。她们跟路边的香樟树，草地上的垃圾袋，树林间吹来的风，没有本质的区别。我们的脑海里早就给各种我们碰上的人归类分档，因而这些人也就让我们失去探究的兴趣。那停下来盯着一个人，这个人就是你的某个朋友，最好是去她生活的地方看一看，问自己：我看到的这个人，究竟是一个什么样的人呢？过程是自己追问，自己在寻找，自己给予解答。在朋友的房间里，我就像是当年人类初次面对这个鸿蒙的世界，一切都有待命名，一切都是未定的，需要我在混沌之间开辟出清晰有序的道路来，这些路径直通朋友这个人。

如果我真想了解朋友这个人，光是一个小房间是不够的。

她是活动的人，街道上行走，饭馆里吃饭，拿手机打电话，去医院看病，她与各种人打交道，忽而哭，忽而笑，忽而跑动，忽而慢走，每一时刻从她身上发生了波动的情绪、纷披的念想、身体的感受，片刻后烟消云散。她自己未必记得，他人更是不会在意。这些确实产生的，没有形状的，同时也无法命名的"无物之物"，透过朋友的肢体动作、她经手的事物，偶尔泄露一二，方能被作为旁观者的我捕捉到。"无物之物"短暂飘忽，如果长时间观察，又往往能发觉：有一些情绪、想法、感受会反复地出现，像朋友一挠头发就会感觉到她焦急，一看技术类的书籍就皱着眉头，这就显现出她稳定的性格来。

但是追问的一个危险是，我是否有积累和具备所需要的解答能力去探查别人？我感觉结果常常是自说自话，如同缺乏一根线串起所有的珠子，我所观察到的细节会变得毫无价值，并且散乱无章。我可能看到朋友的桌子上放着一支羊毫毛笔，上面铺着宣纸，那她是爱好书法的，那我有必要观察她在泼墨之时的神态，或者再比较她写钢笔字的样子，时间是不允许我这样的。就算我能看到，我又能观察到什么呢？我无法确认我的观察符不符合真实。真实，在这里无法证明，它只能是悬空的。反过来问我自己：她所呈现给我的，会引发了我什么样的思考、情绪、感受呢？作为旁观者，我既需要观察她，也同时在观察作为旁观者的我自己。我在问：她是谁？同时我也在问：观察她的我是谁？

最终，我把我观察到朋友的结果变成文字，即我要告诉他人这位朋友是一个什么样的人。我会把那些看似无关的琐碎细节都撇掉，去省略、压缩，把他人的注意力直接导向她最鲜明的性格上，再搭配与之相配的若干事件。文字上呈现的"她"，是被作为旁观者的我塑造成我觉得应该有的"她"，那会是一个栩栩如生的人物。这种栩栩如生是在纷繁错综的现实生活中，哪怕是在她的小小房间里，也不能呈现出来的。真实的她依旧生活在她自己的世界里——此刻她在想些什么？

后记

唐诺写过一篇《小说家》，他在其中说道："年轻的小说书写者是难能一步登天的，要有足够的经验材料，这需要多一点时间，以及在时间里某种不懈的、追究的、心里始终有事的态度，由此一点一点获取对世界、对生命本身的丰硕解读能力。这当然是小说书写里比较苦、比较无聊而且最缓慢不耐的部分，日复一日，光彩尽去；也往往是小说书写者里最悲伤，最容易瓦解年轻书写者心志和信念、不断发生自我怀疑的所在。"

我几乎要抱着唐诺高喊：就是这样的！就是这样的！从我自己来讲，曾经有一段时间是幸福的，整个人像是章鱼一般伸出无数触角，随时都能从身处其中的时空中攫取出写作的灵感。走在我前面的小孩子，刚理完发，他低头踢着路边的石子；风从杨树林那边穿过来，抚在脸上，带着运河的水腥味；修车铺的师傅早早地坐在马路牙边，在他身边是黑色胶桶，里面盛满了水……大脑像是充满了电,被这些日常生活的细节所促动,文字一个个在心中啪嗒啪嗒地涌出来,怎么表达都是力量充盈的。那段时间,就是写东西的高峰期,每天都沉浸在创作的兴奋之中,仿佛是神在助你,借着你的手在书写,根本不用担心灵感枯竭的时候。

往往就是这样,一段创作的高峰期后就是长长的一段一个字都写不出来的低潮,大脑中盘旋着"我要写我要写"的欲念,就好像是一个石磨在转着,然而磨子下面没有可供碾磨的食粮,只有空空刺耳的石面碰撞声。无力的沮丧感,简直是连废话都写不出来。脑中堵塞钝化,我要说,我要写,我要表达,然而那位神粗暴地把我手中的笔给夺走了,我连说话的能力都没有。

小说灵感的"可遇不可求",是常听人说到的论点。不排除灵感的大驾光临,然而如果它真来了,你慌手慌脚地找各种能记录下来的东西,它往往倏忽而过,只留下片言残痕。这真可谓需要有一种对于写作生长点的捕捉能力,即一个小说写作人能够有一种能力,在日常浩瀚散漫的细节中去捕捉到可以生发成长的小说来。这取决于很多因素,比如生活阅历、写作技法、情感等,这都需要平日的积累。如果你是搞创作的,你会特别能理解唐诺说的"在时间里某种不懈的、追究的、心里始终有事的态度","心里始终有事"非常到位地说出了一个立志于写小说的人的日常状态,他在生活中又跳了出来,他在捕捉这种你说的"可遇不可求",机缘与日常积累都不可少。

这里又碰到一个问题,常常跟朋友说到的,大家都在把自己的那点生活阅历反反复复地写,从童年时期开始追溯,一直到现在,所有能想到的,能变异的,能组合的,都穷尽了能做到的可能性,然而好比是自身的矿产,终于有一天在不断的书写中给挖干净了。接下来该如何前行?经验写作的困境也许就在这里吧。曾经碰到的情况是,我很兴奋地找到了写作的点,开始去写,却突然发现原来同样的想法、同样的事情我早就在某一年写过。

那好吧,那不要以"我"为中心,去搜刮外界的,像是一个人拎着蛇皮袋去路边拾捡丢弃的垃圾一样,眼睛放光,大脑处于警备状态。跟朋友一起出去玩,也是有点神经质,朋友随口一句话,仿佛是一个开关,啪的一下打中了心中一个点,那个点哗啦哗啦生长成一种情绪,一种氛围,甚至是一段完整的故事。接下来的几天,就会一直放不下这个,在反复琢磨,怎么我才能从一个点儿发展出一个功能齐备的小说来呢?

起初写的小说,一般都不喜欢写太正常的人,而是要去写一些边缘化的人,不正常的人。因为在这些人的身上才会有故事。以前我写过一段话:小说家要想他们笔下的人物活生生地站在你面前,就必须让他真实的内心世界袒露在你的面前才行。什么时候,人物的真实一面才会展现出来呢?什么时候,人物的内心世界才最大程度地打开呢?在我们每天的正常生活中，不可能，因为大家都戴着面罩，都在正常地扮演着各自社会赋予的角色，有各种道德法律纪律约束着，你在正常地按规定生活。你发现每个人的生活都差不多，上课学习，上班工作，都是平淡乏味的。你不可能一下子对一个陌生人知根知底地了解。因为大家太正常了。可是小说家就是要发现在这个正常的地壳下面你的内心世界是什么样子的，去倾听你内心的声音。

可是我越来越发现所谓的日常人生，更有意思。在这日常生活中我总觉得有隐隐的不安。这不安像是一条细细的裂缝，在生活光滑的质地上分外触目。好比是端上一碗热腾腾的米饭放在你面前，你却总觉得吃得不踏实，要么是这米饭散发出来的不是米香，却是肉香；或者是端饭的人那一抹轻俏的微笑，让你惴惴不安。总要发生点什么吧。在看小说的时候，我们不常怀有这种期待吗？这种细软如丝般的不安是令我着迷之处，我要的是精确的细节描写，不炫耀任何技巧地平易近人，来吧来吧，进来做客，给你端好椅子，放好饭菜，给你扇风，你开始觉得很舒服，很享受，可是越到后面心里的不安就越在累积，也没有什么明显的征兆，你犹疑地左顾右盼，一切安好，此时有一种轻微的似乎听得到又听不到的笑声在不知方位的所在响起。这个时候，你再也出不了那个门了。这种微妙的感觉难以捕捉，我只能等待，怀着像是唐诺说的"在时间里某种不懈的、追究的、心里始终有事的态度"。